往事如歌

张伟基回忆录

张伟基◎著

南方日报出版社
NANFANG DAILY PRESS
中国·广州

图书在版编目（CIP）数据

往事如歌 ：张伟基回忆录 / 张伟基著. -- 广州 :南方日报出版社，2022.5

ISBN 978-7-5491-2507-4

Ⅰ. ①往… Ⅱ. ①张… Ⅲ. ①回忆录－作品集－中国－当代 Ⅳ. ①I251

中国版本图书馆 CIP 数据核字(2022)第 024005 号

WANGSHI RUGE ZHANG WEIJI HUIYI LU

往事如歌 ：张伟基回忆录

著　　者：张伟基
出版发行：南方日报出版社
地　　址：广州市广州大道中 289 号
出 版 人：周山丹
责任编辑：阮清钰　严文玮
装帧设计：肖晓文
责任技编：王　兰
责任校对：裴晓倩
经　　销：全国新华书店
印　　刷：广州市岭美文化科技有限公司
开　　本：889mm×1194mm　1/32
印　　张：7.25
字　　数：113 千字
版　　次：2022 年 5 月第 1 版
印　　次：2022 年 5 月第 1 次印刷
定　　价：38.00 元

投稿热线：（020）87360640　　读者热线：（020）87363865

南岭村全村福（摄于2001年）

序

南岭村的“老支书”张伟基和我相识多年。南岭村是改革开放的先进典型、“致富思源、富而思进”的学习样本，常常被作为全国、全省重点宣传的对象。我在省委宣传部任职多年，早已记不清有多少次到南岭村去调研，开现场会，组织报道，总结其先进经验等，对张伟基为人处世是颇为熟悉的。在我的印象里，“老支书”为人善良，朴实忠厚，其身上体现着中华民族的诸多传统美德。他话不多，但有胆识，有闯劲，有干劲，有爱心，有浓厚的家国情怀，对党和人民的事业忠诚，工作执着、忘我，是一个很有个人魅力的人。正是在他的带领下，南岭村成为名副其实的“改革开放示范村”。现在，他把自己70多年的人生经历写了下来，嘱我作序。在这里谈谈我的印象和读后感，权且代序。

《往事如歌》全书近10万字，文字朴实无华，但富有思想性、故事性、趣味性、亲历感，娓娓道来，既是一个长者的喃喃自述，又是对后代的殷殷嘱托。对于一个只有初中文化的人来说，这部作品尤其可贵。

这是一部个人的成长奋斗史。张伟基出生于贫穷之家，却身膺祖母铸就“伟基”的期望。他穷且益坚，不坠青云之志。从“童年苦乐”到“少年心史”，从“青春之歌”到“壮岁激扬”，再到“老骥伏枥”，本书记叙了张伟基人生的重要成长阶段，载录了他的家庭、学习、工作、生活、亲情、友情、爱情以及所见所闻、所思所感等，反映了张伟基在艰难困苦中砥砺自己、不断成长的心路历程。他在苦难中成长，在坎坷中奋进，既体认了俗世的假恶丑，也感受着人间的真善美，逆境中不自馁，顺境中不自满，顾小家，为大家，最终成为对人民、对社会有大助力的人。他的这段成长史，实在值得现在的年轻人好好学习。

这是一部南岭村的变迁史。南岭村是张伟基生长的故土，他对这片土地充满感情。通过本书，我们对其人其地会有立体而生动的观感。新中国成立前的南岭村是一个贫穷落后的乡村，但历经革命、建设、改革各个历史时期，逐渐走出愚昧、落后，走向文明、富强，走向兴旺、共同富裕。在张伟基的记忆里，这个客家乡村的风俗世情、巨大变迁历历在目，从旧时乡人求医问卜到后来自办乡村医院、集体医疗，从异地求学到现在中小学皆备，从原来的农业立村到引进外商、全面发展，从集体“逃港”到民心安定，从敲锣鼓寻人的叫魂旧俗到集体撤下家里的神台换上书台，我们可见其从远近闻名的“鸭屎围”到“中国第一村”的巨大变迁。而这些浸渍着血与泪、悲与欢的时代片段和充满乡村情趣的集体记忆，很好地诠释了“仓廪实而知礼节，衣食足而知荣辱”的古话。

这是一部社会改革发展史。《往事如歌》是张伟基对所历经年代的往事追忆，它跨越了多个时代，再现了变革的浪潮。深圳是我国改革开放的窗口，南岭村则是深圳改革开放的缩影，是中国农村改革的成功范例。改革开放以来，南岭村获得了600多项荣誉，其中国家级荣誉29项，如“全国先进基层党组织”“全国模范村民委员会”“全国文明单位”“全国文明社区”“全国爱国拥军模范单位”“全国民主法治示范社区”等。从这些荣誉里，我们能真切感受到这个贫困乡村的社会发展与进步。所谓天时地利人和，南岭村的发展既得益于改革开放的天时，也基于深圳特区前沿的地利，更有赖于张伟基这一代村集体领导的人和。作为南岭村改革发展的带头人，张伟基在其中充当了重要的角色，发挥了巨大的作用。在他的回忆录里，我们清晰可见早期的改革开放者带领乡人筚路蓝缕，以启山林，坚持紧抓机遇“外引内联”，坚持实干兴村创新开拓，坚持独立自主全面发展，在推动乡村振兴、社会变革、共同富裕的康庄大道上奋力前行。面对这山乡巨变、无数荣光，他始终谦虚谨慎，对时代、对党、对国家、对人民充满深情感恩，这正是他的朴实仁厚之处。

无论我们走得多远，都不能忘记来时的路。岁月不居，不变的是初心；往事历历，如歌的是情怀。在《往事如歌》里，有童年苦乐之歌、青春奋进之歌，也有壮岁激扬之歌、暮年感恩之歌，更有着对时代的赞歌、对党和人民的颂歌。这正是书名《往事如歌》的寓意所在。

希望南岭村的后辈们接过历史的接力棒，走好新时代的长征路，爱国奋斗，不断向前，谱写更多“春天的故事”。

是为序。

顾作义

2021年12月

（作者系广东省志愿者联合会会长、中共广东省委宣传部原副部长、广东省文明办原主任）

前　言

时间过得真快，弹指一瞬，我已是一个76岁的老人了。过去经常说“岁月不饶人”，果真一点不错。自己的余生，已不是很漫长了。我不是一个生意人，没有留下什么物质财富，但我经常思考：该留点什么给后人？这件事情时时在我的脑海里回旋，连晚上睡觉也会想着。今年10月，我终于找到了一条合适的途径：把自己懂事以来所知道的各个历史时期的相关大事，特别是我自己的成长经历及所见所闻，尽量回忆整理，形成文字，留给子孙后代，让后辈们有所了解、有所感悟，是最合适不过的。

有了这个想法，我就开始动笔。不想一写起来，几十年来的往事，纷纷涌上心头。一个多月来，我天天不停回忆、不停书写，几乎有记不完的事、写不完的情，不知不觉，竟然写了近10万字。可惜自己文化水平有限，虽然所记所写都是真实的，但自己看来，还是觉得顺理而不成章。希望我的子孙后代、村里的后辈或其他人看了，能够予以谅解，能够理解我写这些东西的初心，并由此懂得为人的大道理，懂得人生该为党、为祖国、为人民、为社会尽量多做有益的事。特别是青少年，更要懂得如何从学生时代开始，走好人生的第一步，这是十分重要的。人的一生，究竟该做什么样的人，该做什么样的事？这是我几十年来经常问自己的一句话。今天在这里，我想把它作为我对后辈的一句寄语，希望与大家共勉！

张伟基

2021年12月

目　录

第一章　童年苦乐

第二章　少年心史

第三章 青春之歌

第四章 壮岁激扬

第五章 老骥伏枥

附 录

后 记

第一章 童年苦乐

我的家庭

新中国成立前，南岭村十分贫困。当时流行一句俗话："脚趾冇爪，莫做南岭阿嫂。"这句俗话说来还有点实在，因为村里耕作条件差，去田地里耕作都要翻山越岭。特别是一些旱地，都是在半山腰或山顶上，担肥料、收成搬运都非常吃力，上坡下坡都要喘

改革开放前的南岭村旧貌

粗气。耕作艰苦，生活困难，女人不愿嫁到南岭村是有道理的。

我出生于贫农家庭，父亲张仁伯，母亲郑运连。父亲老实厚道、身体健壮、十分勤奋，村里人称他“仁伯头”。据我母亲说，祖父母共生下九个子女，八男一女，我爸排行第四。我的祖母叫蔡墩妹，是本村人，她一生从事接生工作，帮产妇下产。我的妻子静妹也是祖母亲手接生的。由于我家贫困，我的三个伯父添秀、才公、福才在战乱时期离乡别井，飘洋过海去了南洋马来半岛一带谋生。如今伯父们已去世多年，但生育下来的子孙已有200多人，他们经常回乡和我们团聚。

我生于1945年10月7日。母亲曾告诉我，我出生还不到十天，一天早上，右手老是弯曲放不平。母亲问我祖母：“孩子本来好好的，怎么突然间手就这样了呢？”我祖母见的事多，她就问我父亲：“你今天早上去菜园淋菜时做了什么事？”我父亲想了一下说：“担水淋菜的时候，缠住竹夹装水木桶的那条绳子断了，我就用了一条番薯藤把它缠住。”祖母听后，就叫我父亲马上把那条番薯藤丢掉，随即抱着我到丹竹头村一个算命先生那里——大家都叫他“盲祥”，在丹竹头很有名气，村里的很多人遇到事情，都会请他算命或看病。据说他在我身上摸了几下，我的手就慢慢好了。今天看来，这或许是巧合，也不免带点迷信色彩，但在当时的社会条件下，祖母他们却是深信不疑的。这时，“盲祥”就对我祖母说：“你的孙子那么小就这么多事，必须给他起个好名字，才能镇得住他的疾病。”于是，我祖母就请他给我起名，“盲祥”拿出一个罗盘转了几圈，根据上面的指示说：“就叫木基吧。”我祖母觉得这个名字不好听，她想了一下，央求“盲祥”再把罗盘转一下。结果这一次是“伟基”，我的名字就是这样定下来了。

在我未满3岁时，父亲得了一场病。据说，父亲的病是被人家诬告造成的。有一家人丢了一只鸡，硬说是父亲偷的。父亲没有做过这种事，一直想不开，再加上家里人的不理解，特别是祖母的责怪，他心里老是忧虑着，始终放不下，积郁成疾，最终无法医治而去世。因此，从懂事时起，我就已失去父爱。

我有两个叔父，叫祥友和满桂。祥友叔父是一个勤劳、性格刚强的人，家里的农活几乎都是他自己干。有一天中午，他用粪箕装着两条蟒蛇带回家里，祖母问他蛇是从哪里捉回来的，叔父说是从马坑四方块的田里捉回来的，祖母听后对叔父说：“这是神蛇，要把它放回去。”“神蛇”的说法现在看来自然是无稽，但这种传统的民间护生习俗却保护了很多动物，也符合现代人的环保理念。后来，叔父只好把那两条蛇带回到中坑坳（现南湾街道办事处位置），把它们放生。二叔说，那两条蛇似乎很有灵性，会沿着山路往前爬，他一直跟着它们回到原来的地方，才回家。

父亲去世了，但我在祖母、母亲和叔父的抚养下，以及父亲生前几个朋友的照顾关心下，还是很幸福的。特别是祥友叔父没有结婚，视我如亲生儿子一样，不管在家里、村道，还是到马坑山一带耕作，走路都让我坐在他的肩膀上，有时坐在肩上的时间较长，他便把我放在牛背上扶着我走。祖母也十分疼我，经常抱着我在店仔巷来回走。在我的印象中，孩童时候的我特别受关爱。那时同姓叔伯也对我特别好，如张覃祥、张添福、张华发、张绍坤等长辈，经常到我家来。我每天下午从外面玩耍回家，就把放在房间里的米缸盖打开，绍坤叔每天都给我买一个大麻饼（又甜又香）放在米缸里，专门给我吃。与我同年出生的有好几个人是张姓同房的，像官兴、枚头等，他们的母亲也和我母亲年纪相若，她们经常在官兴家里坐。那时我们三个都没断奶，如果要吃奶，有时他们吃我母亲的奶，有时我也吃他们母亲的奶，大家和睦相爱，像一家人。

祖母在我4岁时，就离开了人世。那时她刚接生完后来成了我妻子的林静妹没有几天。我还记得，当天晚上，她的遗体摆放在厅里，身着结婚时的嫁妆，脚顶着一个用砖格做的大泥砖头。全家为她守灵，我年纪小只好依偎在母亲的身边，第二天安葬祖母完毕，中午全族人在我家杀猪吃饭（人们称为“食丧家”）。村里习俗，谁家有人死了，都要杀猪（也有人称之为吃“大块肉”）。那时送葬带头的人，举着长长的带着叶子的竹竿，上面吊着纸钱，和一些彩旗彩带，打着锣鼓送葬（人们称为“骑旗棚”）。

那时，我家里的生活比其他一些小孩家稍好。记得应该是四五岁吧，我穿的一双“波鞋”（广东人的俗称，即球鞋）还是好的，叔父又给我买了一双新鞋，就把那一双还能穿的鞋送给张煌友穿。

由于我是家中唯一的男孩，家里人尤其是我的叔父，对我特别溺爱娇养，时间一长，我养成了爱欺负人的性格。比如对袁壬桂和他姐姐（张恩文的舅父和母亲），我就不太客气。他们的父亲袁唐修因为赌博输了很多钱，就把家里的房子、田地都抵押给了别人，自己跑路去当国民党兵。袁唐修个子高大，是个机枪手，后来在淮海战役中被我军俘虏了，新中国成立后才回家。

记得有一天，壬桂和他姐姐到我家讨饭，我不但没有拿东西给他姐弟，而且故意将扫把放在牛尿缸里浸牛尿（我家门右侧有个牛棚），然后用力一甩，姐弟两人的脸上也给牛尿点中了。刚好被祥友叔父看见了，他一把把我拉到他身边，拿了一条竹片，狠狠地打在我的腿上，我痛得哭了起来，叔父对我说：“你那么小年纪竟然学会欺负人家，长大了你还了得！”随后他把家里的一碗剩饭送给壬桂两姐弟。我看到他流出了泪水，俗话说“打仔痛在娘身上”，我知道其实叔父流泪是后悔，我出生以来他第一次用这种方法教育我。看见叔父流泪，我赶忙抱着他说：“阿叔，我知错了，我以后不敢了。”叔父把我抱起来，摸了摸我的腿，一句话也没有说。

儿时趣事

家里母亲和叔父把我当宝贝看待。有一年冬天，家里给我买了一个小麒麟，我和张必清他们几个孩子到屋背夫（现在村委办公楼）田里用泥胚筑起一个伯公（即土地神），学大人一样舞麒麟拜伯公，玩得不亦乐乎。那时村里供奉的伯公特别多，有小沥伯公（在沙西小学）、樟树伯公（在深龙坑大樟树底下）、松树光伯公（现在社区服务中心广场大榕树处），还有坡头仔伯公、洋潭伯公、沙吓禾坪（现万家乐商场）泉胶树头伯公等，每逢农历初一、十五或过年过节，或村里一些人家遇上家里人病痛之事，人们都会到伯公那里烧香拜神，祈求伯公保佑他们平安大吉。

那时我和同巷（店仔巷）的张必清及其兄弟张必良、张正才几个都很要好，我们经常跟着张容生的父亲发哥（张奕宏）去放牛，大多数在求水山下那里（土名叫大窝尾和水窝）。发哥这个人心肠很好，如果牛走远了，或看不见时，发哥总是一个人去找牛，叫我们几个小孩在树下坐着，等他把牛找到，赶到一块，我们才跟着回家。童年时，发哥在我心目中是最值得崇拜的人。那时除了跟发哥去放牛，我还会到彭坑龙（现在求水山山顶酒店下面的山坡）放牛。那里青草茂盛，像草原一样，还有几棵大松树。有一天我跟李玉英他们在彭坑龙龙眼山抓了一条大蟒蛇，后来让三个大人拿去文锦渡卖了，他们买回一些糖果给我们吃。

我和张必清特别要好。那时沙吓禾坪有棵大树，要七八个人手拉着手才能合抱。有一年，我们两人到摩天岭（现在张瑞强老屋处）在自家荔枝树上摘荔枝。我们人小胆子大，爬到树上摘荔枝时，树枝小，承受不了，一下子断掉，两个人同时从几米高的树上掉下来，好在没有什么事，我们爬起来时还大笑一番，就当什么事情也没发生过一样。

我们几个小孩子，特别是张必清、林子荣等人，时常到别人家的树上采摘柠檬榨水喝。林子荣家很富裕，家里有三层小炮楼，我们经常在他家里玩。

我和张必清他们，经常到三角众田张养的豆腐坊（张恩松的祖父在那里开的豆腐坊，现在农民公寓东面以上第三间店左右的地方）玩耍，打棋乐（即陀螺）、抛钱仔（用瓦片做的）。我叔父经常做棋乐给我玩，棋乐像鸡蛋一样圆，下面装了一枚铁钉，用小绳子绕它一圈，然后使劲打在对方的棋乐上。一般我的棋乐是用柿木做的，那时做棋乐的木材有好几种，村里的人是这样说的：“头杨梅，二石簕，三龙眼，四荔枝。”因为杨梅树的木材最坚硬，所以排在首位。除了这些，我们还经常玩滚铁环、跳飞机等。冬天在三角众田的田里玩“打梓”，就是在田里挖一个小洞，或放两块砖块，把梓棍放在上面，手上拿着一条长约1米的用梓子树做的小棍，我们称为“梓嫲”，用力挑起，然后打出去，看谁打得最远。过去梓子树到处都是，现在仅公园泉水上面和大芒窝路上还有几棵，其他地方已找不到了。另外，在夏收夏种的时候，我们会到山上采稔子，大家把摘来的稔子放在一块，轮流用狼萁草梗插下去，谁插中了就归谁。这些都是我们孩童时最感兴趣的娱乐。

那时，三四岁大的张姓人都要参加祭祖（女孩不能参加）。我和必清一帮小男孩跟着张姓的大人们到深龙坑园墩岭参加张姓祭祖，大人们摆好“三牲”（即猪、鱼、鸡），由字辈最大的人带头烧香（张姓的字辈是维、绍、攀、昌、可、有、千、毓、志、迁、奕、世、光、宗、德、荣、华、富、贵、祥），随后大家轮流烧香祭拜。拜完后，大人们会给我们几个饼仔吃（我们称“拜山打饼仔”），最后就地用咸菜焖猪肉，吃完饭后大家一起回村。

我小时候好奇心很强。李屋的李义才结婚，那天晚上我去凑热闹，看见有几个妇女在新娘房的床上铺好席子后，在席子上放了几个果子，她们用手去来回翻滚果子，一边翻滚一边念："果子碌碌，祖孙满屋。"现在想起来，她们其实是在为结婚的人祈求多子多福。那时结婚的新娘是坐花轿的，花轿装饰很讲究（像现在村委二楼展览厅的花轿一样），由四个人抬轿，两个人在前面，两个人在后面，各抬一边。我亲眼看见过村里的张齐娇（张伟容叔伯的大姐）结婚坐花轿。她坐轿出门经过犁禾地的一座小麻石桥（现在张恩松屋前面），由于桥小路窄，有个走在前面的轿夫一不小心，一脚踩到田里，差点把花轿翻倒下去。这是我在村里看到的最后一个坐轿结婚的。

小时候每年中秋节，除了家家户户捏月饼外，我们小孩还在菱角中间穿一个洞，用线穿过去，用手一拉，菱角就会转起来。到了晚上，村里的大人们都集中在老禾坪放孔明灯。白天，一些中青年就用纸把孔明灯做好。孔明灯约有2米高，用纸糊起一个大圆形，最下边用一条铁线把它绞圆，把孔明灯绞牢固，然后在一些旧棉被上洒满火水（煤油），放灯的时候，由四个人拿着凳子，用手在顶端固定它，稍微抬高一点。另外有人在下面点火，孔明灯就慢慢升起来。每年中秋节都放七八个。在中秋节夜晚放孔明灯的很多，有邻近村的，也有从新界飘过来的，有些孔明灯升起的高度比求水山还要高，那个场面很热闹，全村男女老少都围聚在一起观看、欢呼。

在童年的记忆中，所见识的事情是很多的，那时村里吸鸦片的人很多，张姓祠堂（现在给邱姓做祠堂）的那间屋里地上铺着草席，很多人躺在那里用鸦片枪（铜做的）吸食鸦片，天天如此，我们小孩经常去偷看他们。新中国成立时，一夜之间所有吸食鸦片的人都被送到县里接受教育，强行戒毒。记得我的二叔（满桂）在县里戒毒十多天才放回来。我叔父祥友是不吸毒的，在满桂叔回来的时候，他特意叫我问满桂叔，以后还敢不敢再吸鸦片。我就照问了，当时二叔很平和，把头摇了摇，表示不敢再吸了。

童年时代村里的好人很多。开小店的守仁叔公（张维丁的父亲），字写得很工整，和现在电脑打出来的一样。他在我家的巷子中间开小店，我和必清几个小孩经常到他的小店里玩，他很喜欢我们这群小孩，时不时拿点麻糖、饼干给我们吃。记得接近解放时，有一次村里突然来了几个伪军（俗称“荷哦鸡”），持着枪不知要抓谁。守仁叔公知道后赶紧把我们几个小孩带到小店货仓藏起来。守仁叔公为人厚道，新中国成立后仍然开小店，用箩筐从沙湾供销社担货回村。上了年纪的他仍然热心，一些家庭困难的村民有时钱周转不过来，要买盐、油、火水等用品，守仁叔公都允许他们先赊账，有钱的时候再还钱。

我去张姓祠堂，经常会经过秋桂叔公的店铺，直通吓角出来。秋桂叔公为人厚道，经常资助村里有困难的群众。他家店铺主要是卖中药和劏猪。他已近90岁，有一次我经过他家看见他，头发胡须都已花白，躺在床上不能起来。过去村里有个叫袁亚九的人，心肠狠毒，经常带着驳壳枪出门抢人家的东西。有一天，他没有抢到东西，看见人家放成一排的十几只先人骨灰瓦罐，就一枪一只全部打烂。还有一次，村里的李塘跟他一起在长龙坳顶放牛，他欺负李塘是李姓人家捡来的养子，叫了几个人硬把李塘抬起来，抛到长满荆棘的灌木丛中。新中国成立初期，袁亚九把张姓祠堂的香炉，双手抱着扔到门楼的河塘里去。秋桂叔公知道后，连哭了好几天。俗话说“恶人有恶报”，袁亚九这个人因为作恶太多，不到40岁就得病死了。秋桂叔公有三个儿子，后来都去了香港。那时村里的张来娣还在秋桂叔公家当童养媳，我经常看见她戴着一顶尖笃笠嫲（竹子和葵叶编的尖顶斗笠帽）

给秋桂叔公家放牛，特别与众不同。

那时村里有个人叫袁方（袁伟国的祖父），他很有看牛的本领，能看出牛好不好。村里有人买牛回来，就会请他在三角众田那里，用犁和耙来试试买回的牛功夫怎么样。那年头，南岭村有人到盐田挑鱼回来卖的，如林春、高发、李生、张传等六七个人；劏猪的有张有、袁煌生父子、林煌保、林梦桂等人；做杂货店的有张秋桂、张守仁、谭汉；当教书先生的有张学宏、张辅仁、林雨青；做土医生的有何法娇、张养老婆（大家都叫她养郑）、谭海山（针灸）、张庭鉴（中医）；武术教头有张庭鉴、林铁伯、邱来有父亲；做泥水匠的有张天兴、林盘带，后来有张煌英、袁松发等人。

在我懂事的年代，南岭村人的体育活动是很丰富的，村里的篮球场在门楼前和樟树伯公那里，冬天人们还在张汉华家巷口岭排（现在村农民公寓前面）打篮球，甚至利用水洋塘山顶的一片平地（现在百门前工业区）做足球场。村里的球队不但活跃，而且水平高，特别是李其森（乌鬼娘的独子，他住在李屋）每天打几场球，他是篮球高手，长年累月汗水一身，可惜他后来得了重病，年纪很轻就死去了。

乡村见闻

在孩童时的我眼里，那时村里有不少奇怪的事情。例如，我的二叔张满桂有一次在府地顶（土名，现南岭花园处）寻牛，结果牛回来了，他却不见了。村里人知道后，在府地顶所有草丛中轮番寻找，就是找不到人。后来有人说可能是被“鬼”抓去了，要打锣鼓才行。于是村里人就拿着锣鼓再去寻找，锣鼓打得震天响。最后，在草丛里找到了他。又如，吓河小沥（沙西小学前面水渠）里，人们经常可以看见一些婴儿尸体在水里漂，令人胆战心寒，所以人们经过这段路都会感到很害怕。还有，当时在中坑坳（现南湾街道办事处位置）有一棵比水桶还粗的松树，长得特别粗壮。有一天，天还没有下雨，突然一阵很大的雷声在这棵松树上响起，雷声过后，人们看见这棵松树被烧成像火一样的红色。

我是很活跃的，几乎每天晚上都会去姓张的大人们休闲的地方（即张养豆腐坊三角众田那里）。路旁放了两三条麻石，很多年纪大的男人就在那里坐谈、讲笑话。沙吓禾坪这边是姓林的男人晚上坐谈的地方，那时流转着一句话，叫“张屋祠堂，林屋沙吓”，姓张的人和姓林的人是分开的。新中国成立后，直至土地改革后，两个姓的人及村里的男人才一块在大巷张金发屋前的麻石凳和沙吓禾坪的麻石凳上坐谈、乘凉。冬天，就烧柴烤火取暖。

那个时候，我听了很多村里流行的谚语，例如“年怕中秋月怕半”，意思是说过了十五很快就要过去一个月，过了中秋很快就要过年。那时还听大人们说“处暑不栽秧”和“插秧到立夏，插也罢，不插也罢”，即过了这个节气，即使插下秧苗也收成很少。还有如：

“男人不要望做年，吃了年饭要耕田；女人不要望做冬，吃了冬饭嫁老公。”

“初一下雨初二晴，初三下雨成泥羹，初四下雨算唔定，初五下雨到月尽。”

“寒露风，霜降雨。”

“霜降过三朝，过水要寻桥。”

“禾怕寒露风，人怕老来穷。”

“猴哥岭顶坐，二哥下来捡田螺，三哥拢谷唔用秤，四哥拢谷唔用箩。”

“月光光，照地堂；食龙眼，眼睛光；食腊蔗（即甘蔗），娶新娘。”

“盲佬见钱眼就开。”

“捡人头上帽，不要捡人地下鞋。”意思是说宁可捡别人的帽子戴，不要捡别人的鞋子穿。

“六十六学唔足，四十四眼生刺。”这句话我听得多，到了20岁的时候，有一天我看见本村的水连叔，当时他40多岁，我就问他：“水连叔，你为什么要戴眼镜？”他很直白地跟我说：“老弟，到时你就知道了。”结果，我46岁时，看书看文件就要戴老花眼镜了。

我还听了关于求水山上求水石的故事。新中国成立前，每逢天旱，南岭村就会把全村男丁动员起来，大家穿上新衣服，但不能戴帽或打伞，用轿子抬着全村辈分最高的人，还抬着煮熟的大猪头，敲锣打鼓，成群结队上到求水山顶的一块神石那里求雨。据说神石非常灵验，每次向它拜祭后，都会下雨。这也是求水山名称的由来。

我听大人们说1942年闹饥荒，很多人吃黄狗头（从梧桐山上采来的植物）和泉胶叶充饥。那年村里饿死很多人。有些人上午还抬死人上山埋葬，下午自己就死了，被别人抬上山埋葬。

据老一辈的人说，抗日战争时期，日本侵略者常来我村抢掠。沙湾为了防范侵略者，专门在厦村后山最高处（土名“石牙排”）设立岗哨，该处居高临下，可以看见从深圳[1]来沙湾的公路情况，并专门请了厦村一个叫戴喜的人，在那里放哨，一发现日军来到沙湾路上白云墟茶寮的位置，就马上吹响螺号。日军是骑马作战的，行军速度很快，村民们听到螺号响，就得马上跑到村后山上老人窝等地躲藏起来。由于我村是地下党活动的地方，日军进村的次数越来越多，他们为了更有利地侦察南岭村的情况，专门在求水山上挖了一条用水泥构筑的战壕，面向南岭村，并经常在战壕里用高射机枪射击我村的炮楼。该战壕至今还在，炮楼墙上还残留有被高射机枪射击的弹洞痕迹。

过去南岭村是地下党活动的地方。1937年，日本侵华战争全面爆发，龙岗爱联人张启秀在俊千学校教书，开始传播爱国思想。曾在北京大学读书的南岭村人张辅仁，任沙湾乡乡长，兼任兰花小学校长，属于“白皮红心”、心向我党的人。1941年底，香港沦陷后，曾在共产党培养革命干部的香港香岛中学读书的本村青年张学宏（新中国成立后曾任广西气象学校副校长）回到家乡，他白天在南岭村的俊千学校教书，晚上组织青年读书会。当年参加读书会的主要成员有

①指今深圳市罗湖区东门市场一带，即“深圳墟”，是当地颇为繁华的一个集镇。——编者

俊千学校和炮楼旧址

张学宏

林源

南岭村青年林源（林少钦，新中国成立后曾任中国水产科学研究院南海水产研究所党委书记，正厅级）、张三乐、林雨华（新中国成立后曾任博罗县县长）等。几个人夜间住在油榨吓（土名，即现社区党群服务中心后面）张姓楼仔（土名），张学宏以讲故事的形式对他们进行进步思想教育，讲述抗日救国道理，具体内容有三个方面：一是讲述西安事变经过，让青年了解当时的形势。当年日本侵占我东北三省，以后步步进逼，妄图侵占整个中国。国家处于危难之时，蒋介石却在积极反共、消极抗日，因此激起全国人民公愤。驻西安的张学良、杨虎城两位将军激于义愤，扣押了蒋介石，逼蒋抗日，时为12月12日，即“双十二事变”。最终促成国共合作，全国出现抗日新局面。二是组织阅读进步书籍，如《新生代》等图书，这些图书全面描述了北京广大青年学生抗日救国的热潮。三是介绍惠东宝地区抗日游击活动的情况，激发大家抗日救国热情，使读书会的青年们先后走上革命道路。

1943年初，宝安县[①]大队派出两名民运干部进驻南岭村，其中男同志马史（惠东白花人，后调上连队当政治指导员，在一次对敌战斗中不幸牺牲）住在林源家，女同志曾坚（坪山竹园人，新中国成立后任佛山市市长，曾多次来我村）住在林火带（林源的堂兄）家。同时，他们以油榨吓的南岭炮楼（“权宜筱住”老屋）为秘密地点，经常召开会议，油印革命传单，向群众宣传抗日救国道理，以提高广大群众的思想觉悟。南岭炮楼二楼的木楼板装有秘密夹层，如遇紧急情况，就将革命传单等资料藏入夹层，以策安全。

有一次，日军得知曾坚等在村里活动，由汉奸李

①指今深圳市前身。1979年3月，国务院批准将广东省宝安县改为深圳市；1981年10月，恢复宝安县建制，辖深圳经济特区外的1577平方公里；1993年1月，撤销宝安县，设立宝安、龙岗两区。——编者

球仔带路，夜晚出动，避开岗哨，天没亮就把全村包围，照例把全村人都赶到沙吓坪逐一审问，要找出曾坚等地下党人。日军一个一个查看村民的手掌，问是做什么的，看见手掌有老茧的就站在一边，没有老茧的视为非耕田作地者，站在另一边，然后带到大望，进行严刑拷打。村民们都宁死不屈，不肯说出曾坚等人的下落。但村民林日梅的父亲，人称“和尚仔”，贪生怕死，经不起日军的酷刑，说出了曾坚等人住在“安居第三间”。中午，日军又回来包围了全村，搜捕曾坚等人。本村村民谭凤得知“和尚仔”供出曾坚等人的下落，知道他们的处境非常危险，就在后窗通知曾坚等人。曾坚知道来不及烧毁文件，就把它藏在水缸底下，乔装离开。她先是挑着水桶，假装到大井挑水，结果给日军挡了回来；后来，又挑着尿桶，假装到菜园浇菜，也给日军拦了回来，没有成功。最后，曾坚在谭凤的带领下，戴着凉帽，扛着草担杆，经樟树伯公、长龙（地点土名）离开，才免遭日军毒手。日军进村，搜不到曾坚，就把村里洗掠一空，并把第四条巷子的三间村民房屋放火烧掉。躲在谭汉家楼仔的村民不敢出来，凶残成性的日军就用火烧，逼迫村民开门后蜂拥而入，兽性大发，对我女同胞不分老幼，肆意百般污辱……其中谭汉之使女刚16岁，遭日军轮奸；村民王氏刚在菜地割番薯苗喂猪，遭日军强行施暴后，被推下松树岗桥；村民沈氏亦遭日军施暴……其手段凶残，惨不忍睹。

当年日军占领香港后，香港九龙与内地铁路交通全部中断，来往商旅只能走小路山路，时常遭到土匪抢劫。为保护商旅安全，曾、马两位同志着手组织武装自卫队（即护路队，后来的游击队），共约30人，任命林火带为队长，林源为政治指导员，主要成员有谭子荣（新中国成立后曾任福州军区某师部政委）、林雨华、林汉荣、林平、张学年、张贵仁、张容生、林春、林子青、林运、张三乐、张佛宝、林九、张

谭子荣

煌、张杏文等。全队分为两班轮值，每天傍晚十多人集中吃饭后，背上鸟枪、粉枪到商客必经之路感龙坳（即深圳与布吉之间，现在龙岗区第四人民医院临时用房的位置）守备，保护来往商旅，收取少量护路费作为活动经费。

汉奸李球仔，当地人民对他恨之入骨，游击队决定为民除害。一天，李球仔正在深圳墟杀鸡，趁他毫无防备之际，游击队手枪队队长林汉荣（本村人）突然用手枪顶住其后背："不许动，动就打死你！"李球仔只得举起双手，不敢吭一声，乖乖地跟着林汉荣等人走。林汉荣等人一直把他押回村里河背排（土名），后转关帝庙看管。次日经李朗押解至水径伯公凹（土名）处决。这就是当汉奸的下场。

后来，林火带被驻龙岗的国民党肖天来部杀害。张杏文因公通过李朗铁路时被日军扣押，但正值日本政府宣布投降，日军投降缴枪后就放了人，张杏文后来与其兄去了南洋某国与其母团聚。

新中国成立前，南岭村很艰苦，村民们冒着生命危险，拉着牛和村出产的柿子，过界到香港去卖。我母亲和村里的一些人做挑脚，常挑着木柴等，从梧桐山燕仔岩爬到新界、沙田、上水等地去兑换一些生活日用品，如盐、火水等。

新中国成立前，村里有几支麒麟队。张姓麒麟尤为出色，每逢春节、元宵后就到深圳、新界一带表演，他们功夫很好，个个身强力壮，挂在十几米高处的利是红包也能搭肩上去拿下来。凡是到了张姓的村子，人们对麒麟队都招呼得热情周到。今天我们能否发扬老一辈舞麒麟的传统功夫，就要看我们年轻一代的毅力了。

过去虽然穷，人们生活也有自由活跃的一面。每当农历正月，妇女在家都是不劳动的，只带小孩做家务，所以当时流传一些民间谚语，如“正月（一月）妇女二月蔗，三月螃蟹四月虾”等。每年农历正月十五是我们村里生男孩家庭的好日子。凡是上一年生男孩的家庭都利用这一晚点灯笼，做爆米团、米饼、糖果等，送给村民吃，热热闹闹。每年都有几个男孩出生，人们生活清贫但愉快。

第二章

少年心史

家庭变迁

我父亲过世后，母亲一直不敢嫁人。1950年全国实行新的婚姻法，1952年，南岭村像我母亲这样的妇女有六个，她们利用实施新婚姻法这个机会，在沙西乡府设在南岭村店仔巷上面林才家的一间华侨屋里，办理了结婚手续。

那时年幼，我就跟随母亲迁到我继父住的地方（马鞍山，现南和厂）。继父家里很穷，过去他是在我家帮忙干活的，认识我母亲，彼此建立了感情。继父的生母生了两个儿子，丈夫很早就离世了，她只好把继父从小过房给一个姓叶的妇女做养子。叶阿婆心地善良，嫁到南岭村马鞍山，丈夫早年去了南洋谋生，她不敢改嫁，独身一人。马鞍山是南岭村里面的一个小村子，十几户人家连成一排。多数妇女（如洪八妹、蔡玉娇）嫁来没几天，丈夫就去了南洋等地谋生。

我母亲改嫁后，祥友叔父一直叫我留在他身边给他当儿子。祥友叔父的菜园刚好在松树岗（南和公司老尤家那里），我每天去上学路过菜园，我叔都流着眼泪叫我，他对我的疼爱永远在我的脑海中，永生难忘。

我母亲再婚后，1953年至1962年，共生下三个弟弟和一个妹妹，最小的三弟是1962年出生的。

我家邻居是一个李氏妇女，她丈夫张某是个泥水匠，家庭较富裕。我家因为实在太穷，有时不得不捡他家吃剩的饭菜充饥，因而被他夫妇称为“潲水桶”（意思是放食物残渣和垃圾用的桶）。小村子的人在一块种田劳动时，我母亲还经常遭受李氏妇女恶言恶语对待。好在当时村里干部张运兴（张守芬的父亲，他和妻子戴惠清是在沙湾小学读书时认识的）夫妇对我家很好，他对我母亲说：“郑叔婆，你不要怕被她欺负，有什么事，告诉我。”由于张运兴警告了李氏妇女，她就不敢太嚣张了，但一直仇视我家。她家有四间瓦房，中间那一间塌了一半，另外半间给了他家的一个堂叔婆住。那个堂叔婆姓谢，大家叫她“盲谢”，这夫妻俩经常欺凌她，有时连饭也不给吃。他们夫妇有两个儿子，视如珍宝，谁也不敢动他们。有一次我堂兄张秋梅（我叫他“梅哥”，他父母很早离世，两个哥哥又去了香港谋生，很小就一个人在家生活）挑着两只大箩筐外出捡柴火，回到一条叫小径的小路上，装着柴火的箩筐不小心碰到了他们的小儿子。其实是很小的事，他儿子马上哭起来，回家向他的父亲张某告状，说我梅哥欺负他。张某听了，马上跑到梅哥家里，把他拉到我家门前第二块田（本村谭罗娇家的田）里，用双手按住梅哥的头，硬是逼他喝田里的水。当时，我继父、叔父和张运兴看见，马上跑到田里把梅哥拉回来。张运兴训了张某一顿，说他欺人太甚，小孩子的一点小事，竟用如此残忍的手段去对付。

我从小就很孝顺继父和母亲，把继父当成亲生父亲一样。虽然他们有时打骂我，但我不会计较。我家穷，弟妹多，经常吃不饱，但我意志坚强。我经常帮母亲挑水回家，到菜园帮忙种菜、浇菜，上山割柴草。家里人口多，加上养了一头猪，煮猪食特别费柴火。那时养猪多数喂番薯苗和野菜，我就经常到田间地头采摘野菜来补充猪食。那年头，我最盼望家里的猪长大卖到供销社屠宰，可以拿回来猪血和两斤多的猪肉，吃上一餐猪肉。我也盼望过新年，因为过新年能有两天饱饭吃，并能穿上一件新衣服。

那时，虽然家里穷，但我很能吃苦。每个星期天我凌晨3点多钟就起床，用肩扛着十多斤青蛙或几条蛇到文锦渡出口站去卖，以维持家庭生活。到了秋冬季节没有青蛙可卖，我就利用周末挑着60斤重的木柴去盐田换鱼。星期六晚上9点钟就出发，由于体力有限，到了盐田坳顶，向海面上望去，就看见已有上千条渔船亮着灯停靠在岸边，等我到码头已是早上8点多钟了。当时从南岭村到沙湾还有一段山路，路边的土坡埋了很多死人。我独自一个人走路，心惊胆战，但也无可奈何。凌晨3点多钟还是一片漆黑，走到深圳要三个多小时。我走路去，走路回，这样坚持了好几年。今天，我能有这样坚强的意志，也是那时锻炼出来的。

我从小就跟着村里的大人（年纪大的人）去彭坑龙放牛，那时彭坑龙的山岭连着深圳水库，彭坑龙的最上面、邻村田地的对面松树不多，只有几棵，到处长着茂盛的青草，像草原一样。我们把牛放在那里，不用怎么看管，牛会自己吃草。1956年，南岭村青年在老禾坪造了一片青年林后，青年们又到山上松林里采集了松米（即松树果）到彭坑龙种植，用锄头在地上挖一个坑，放进两颗松米，很容易就长出松树，加上那时政府经常用飞机在山岭撒播松米，我村彭坑龙一带的小山岭上，松树就长得漫山遍野、密密麻麻。

我除了每个星期天帮家里到深圳卖野味，其余每天下午放学回家就去放牛。每逢假期，我干的活主要是放牛。那时，我跟村里的林雨青经常在马鞍坳（即现在沙湾水厂山上）放牛。林雨青是地主成分，但他读过很多书，常给我讲故事。记得有个故事叫“左随”，他连续讲了一个假期。林雨青的左手掌上长了个肉瘤，有小鸟蛋那么大，我经常用手去摸它，林雨青也不介意。年深月久，从林雨青那里，我也学到了很多东西。比如，不管贫富，都要勤俭过日子；人在落难时，要想办法挺过去；等等。到了三年困难时期，林雨青偷渡去了香港。后来他的二儿子（村人叫他“单眼林”）也跑到香港去了。

三年困难时期，1959年的一天，我去文锦渡卖东西，从深圳回沙湾，走到现在水库副坝那两个山头（人称双马岭），再走过一点，有一个小茶亭叫白云墟，旁边有一棵要五六个人才能合抱过来的大榕树。过去沙湾到深圳这一带，环境很优美，从梧桐山经大望村流出来的水是青白色的，由沙湾流出到现在大望桥交界处的水是淡白色的，两股水合流，直朝黄贝岭方向流去。那时沙湾河的水不深，除了叫石角潭和船陂的地方外，其他地方都布满了鹅卵石。河水清澈如镜，两岸长着高大的水榕树，石角潭边还有一片荔枝园。我读小学时，学校经常组织我们去那里游玩。当时的黎围小学（在水库新村的原村民村庄，现在被水淹了），校园内种满高大的树木，遮天蔽日。

话说那天我从深圳回到白云墟处，村里的张金发（张恩松的父亲，他家有自行车）刚好去深圳载客回到白云墟，看见我自己一个人走路，他非常好心，叫我坐上他的自行车，一路把我送回家。

1960年，正值夏收夏种，村里当时很缺粮，只有插秧能手（一人一天能靠双手插一亩多田）才能吃饱饭。有一次，我从鸭秋湖（现在龙山工业区）回到中坑（现在南湾街道办），上坡路时，碰见村里的两个插秧能手李玉英、李瑞明，他们正在上坡处的树头下吃饭，看见我就叫我跟他们一起吃。那时候没什么好菜，只是拿一种叫黄姑仔的咸鱼下饭吃。我家里很穷，又没有亲戚在香港可以帮衬。我记得有一次家里连炒菜的油也没有，村里的张秋如知道后，亲自用汽水瓶装了一些花生油送给我家用。他父母和祖父在香港，会经常带些油、糖和其他食物回来。

学堂时光

我上学之前，就很向往进步，每天晚上都到村儿童团部那里去。当时儿童团部设在已拆除的市场最后一条巷，后来分给赖英梅住的那个地方。团长是张金发，他很活跃，我看他们唱歌、演戏、讲故事。在儿童团部的隔壁堆放着很多锣鼓、铙钹、麒麟等，我因为年纪小，不知道这些东西堆在那里干什么用，后来才知道这些东西是要捐献给国家的。因为正值抗美援朝时期，政府提出，“有钱的出钱，有力的出力，有物的捐物”。那时阶级斗争也很激烈，我亲眼见过我村民兵在盘查站（现深惠路接近大龙山位置）抓了一个特务。

我入校读书那年应该是6岁，在当时乡下算是早的，跟我同一天入学的有张冠超、张雪明、林桂才。另外还有李品光、张运强，他们比我大两岁。那时我就读于村里的俊千学校，学生不多，每班十个人左右，办到四年级。当时做我先生的是张子云，后来是张春华。俊千学校建于1927年，据说是当时一些张姓华侨汇钱回来，以俊千公的名义建的。俊千学校门前有棵大指甲花，花瓣是红色的，很多女同学用花瓣擦指甲，指甲马上变红，还有一棵白玉兰树，有一口小水井。学校虽然不大，但课桌很正规。

我的同班同学林贵才是班里最调皮的一个，他被人取了个外号叫“王小二”。林贵才每读完一课，就用手撕掉一页，一直如此。每次交作业或考试他都是0分的，先生用红笔改作业，每天给他一个“红鸡蛋”（红笔写的0分）。记得有一次学校组织到上水窝（土名）野餐，当时俊千学校有块小菜地，种了大芥菜，那天拔了好几棵大芥菜，并买了一斤多的油豆腐准备中午时炒芥菜用，张子云先生把带去的油豆腐挂在上水窝（现在建了房子前面）的一丛竹子上面，但到中午时油豆腐不见了，后经过询问，才知道是林贵才偷吃了。

那时我胆子很小，不敢乱跑。小时候看求水山，觉得很高很大。年纪大的同学会去爬求水山，张冠超胆子大，跟着年纪大的同学上去了，但他爬上去后却不敢下山，在山顶上大哭起来。他的父亲就是张子云先生，张先生就叫年纪大的张运强（张恩文的叔父）背他下来。

我们在俊千学校读了半年书。有一天，一架飞机从学校的炮楼顶上飞过，事后村里有人说是斯大林派来的（当时是中苏友好时期），我竟然相信了。现在回想起来，这架飞机应该是我们国家的。在俊千学校读书没有什么活动场所，只有小河旁一块草地，我每天下午下课时都坐在草地上，望着我母亲到村里的水井去挑水，天天如此。那时新中国刚成立不久，我读完一个学期，就和叔父抬着几十斤谷子交到张子云家抵学费。

1952年秋季，俊千学校停办了，校舍分给没有房子的村民居住，原本的师生搬到丹竹头村振声学校，我们要重读一年级。当时沙西乡、南岭、丹竹头、沙塘布、吉厦几个村的学生都在那里读书。那时我年纪算是最小的，读一年级时大多数同学都在15岁以上，最大的同学将近20岁。尤其是女同学，由于新中国成立前重男轻女，新中国成立后才有机会上学。从我入学到六年级，老师都挺爱护我，也使我学会了很多东西，比如种树。当时张安民老师（坂田人）亲自在学校的球场边打了一个大坑，然后放水把泥浆搞起来，再把两段锯断的细叶榕树种下去，不到几年，这两棵榕树已长得很高大。改革开放后，丹竹头村因建设需要，把那两棵大榕树砍掉了。那时老师对我们教育很严格，记得读四年级的时候，刚从沙湾小学调来任教的曾青云老师（观澜人），对我们的作文要求很严格。有一次，全班同学的作文都不是很好，他从沙湾小学拿来一篇学生范文（是他教过的学生李学森的）读给我们听，并对我们说："你们看李学森写的作文怎么样？李学森现在已经可以自己看《南方日报》了，你们还只看《中国少年报》。"从那一次起，我上语文课就很认真，特别是在作文方面，我更加努力。那时我家里很穷，学费、书本费都是我的班主任梁新华老师帮我交的。我连铅笔也买不起，每支铅笔快用完时还用竹子接长，用到不能再写字为止。

梁新华老师最喜欢逗乐同学。有一天，他的办公台里面出现了一只老鼠。大家对老鼠都不堪其扰、深恶痛绝，他马上叫来好几个同学，拿了一块布，慢慢将老鼠包围起来，捉住，然后在球场上用火水把老鼠淋湿，点着火，让老鼠跑。本来他想让我们看看，那只老鼠到底能跑多久，但是有个同学误会了，怕老鼠跑掉，一棍子把老鼠打死了，弄得大家很扫兴。

读三年级那年的"六一"儿童节，学校组织我们去深圳戏院观看电影《祖国的花朵》。那时家里很穷，母亲想尽办法筹集了5角钱给我，她一再要求我要节俭，不要乱花钱。那天我们步行到深圳墟，买电影票用了8分钱，在深圳伦记饭店吃了5分钱一碗的斋河粉，从深圳车站到沙湾车站坐汽车回家用了1角7分钱，这是我出生以来用钱最多的一天，总共用了人民币4角钱。回来后我把剩下的1角钱交回给母亲，母亲还板着脸吼训了我一顿，说我花钱太多了，我很是委屈。因为其他同学到深圳去，买雪条、雪糕，买云片糕，吃饭的都有，他们的手头很宽裕，有些同学还买了连环画。

当时沙湾中心小学作为试点，发展第一批少先队员。李品光几个人在沙湾中心小学读书，他们是第一批加入中国少年先锋队的。那天学校还组织全体学生到沙湾中心小学参加少先队的入队仪式。那时，我已经在很多有意义的书本上得到正面的教育，如魏巍写的《谁是最可爱的人》、毛主席的警卫员陈昌奉写的《跟随毛主席长征》，还有《愚公移山》等课文，这些人物和事迹，深深地印在我的脑海中。我对加入少先队的学生非常羡慕，十分渴望加入少先队。

在老师的关怀和自己的努力下，读三年级的时候，我加入少先队的愿望终于实现了。但说起来也心酸，那时家里穷，我自己差点连一条红领巾都买不起。最后家里想办法，好不容易凑足了3角3分钱，我才拥有一条朝思暮想的红领巾，成为一名光荣的少先队员。

加入少先队当天的情景，我至今记忆犹新。辅导员吴能友老师把红领巾系在我的脖子上，庄重地对我说：“伟基同学，祝贺你今天成为一个中国少年先锋队队员，但你知道吗？红领巾是五星红旗的一角，是无数革命烈士鲜血染红的，你要永远记住。还有，少先队的队礼是表示人民利益高于一切！”他这番话，到现在仍然深深地印在我的脑子里，每当遇到困难，我都会想到为新中国而牺牲的革命烈士。革命传统教育和道德教育使我受益良多。

读四年级那年，我患疟疾，每天上学就发冷，但是因为没有钱看病，为了免受家庭盘问，我每天一早就出门。到了洋潭（现在南和公司老尤家前面的一片稻田）洪八妹家的稻田，我就走不动了，好在那里有很多稻草，我可以在稻草堆上睡，天天如此，整个学期都无法上学。后来我只得从四年级重读，好在当时年纪小，还可以跟同龄人一起上完小学。

因为我家里实在太穷了，连衣服也没有两套，每天晚上冲完凉我就把当天的衣服洗好，然后放到锅里，小心翼翼地用禾草烘干，生怕一下子火太大，那衣服就完了，第二天就无法上学了。由于我每天都穿同一件衣服上学，颇受同学欺负。同班一个男同学的父亲在外工作，家里经济很宽裕。读五年级时，有一天，我坐在书桌前的凳子上，全班同学都到齐了，这时，这个同学在黑板旁拿了一支粉笔，先指着我的脸，随后狠狠地在我的衣服后面画了两条长长的线，并说："你这个野种，看你明天还穿不穿这件衣服！"他想得很天真，以为画上粉笔记号就洗不掉。我强忍着泪水，承受这种无情的侮辱，只能当天晚上自己把它洗掉。有钱的人家很难体会到无钱人家的困苦。我想，他父亲每月准时寄20元人民币回家，而我家呢？兄弟姐妹多，母亲疾病多，怎能和他相比？这个印象现在仍然留在我的心中。

我从小就很倔强。记得1956年，那时从沙湾到布吉是没有公路的。吉厦、丹竹头、沙塘布及横岗一带的人，要去布吉，必经我村的小路，甚至是小溪边的田埂路。有一次，我和张必清两个人从布吉回到大芬村与我村交界的地方，白门前（现在叫百门前）的下段，是小溪边的田埂路，刚好遇上六七个吉厦村跟我们年纪相仿的人。其中一个姓郑的比我大两岁。那时我和张必清因为家里穷，没钱理发，头发留得特别长。姓郑的就指着我们两个的头，嘲笑我们头发长是因为吃了太多南乳："你两个死仔，所有店仔的南乳都给你们吃光啦，一看你们的头发就知道。"我和张必清听后非常生气，马上摆出要跟他们大干一架的架势。他们一看，知道我们不好欺负。这个路段属南岭村，经常有我村村民到这里看管稻田，刚好这个时候有南岭村的村民在附近。他们几个一怕被我村的大人发现，二怕我们真的动手，只好灰溜溜地快步离开。

小时候经历的这些事情，更激发了我长大后一定要靠自己的双手改善家庭生活，给曾经欺负我的人一个好样看的决心。

学校里很多同学和我很要好，特别是比我年纪大好几岁的沈春来、郑运生，他们把我当小弟弟一样看待。还有丹竹头的凌昌盛，他对我也挺好，经常带我到他家的果园里（地点在勿猪）摘沙梨和其他水果吃。沈传忠也是我要好的同学，读书很刻苦，能写一手很工整的字，有一天，他因字写得不够好，还被他母亲打了（他母亲是有文化的人，能写一手很漂亮的毛笔字）。除了这些男同学，班里有几个女同学也和我挺要好，如沈玉英、沈桂娣，她们经常关心我。当我受到“粉笔画衣”这种侮辱时，这些同学都为我抱不平。这些同学到现在仍然与我保持着很好的关系。

六年级临近考初中的半年里，我们在学校住宿，温习功课备考。我和班里几个男同学偶尔调皮。当时我们宿舍前面住着一家人，一对青年恋人经常晚上在木楼棚上谈情说爱。我们几个男同学虽然年纪小，还没有发育，但出于好奇心，有时就偷偷躲在他家的窗户下面偷听。

学校那时年龄大的同学较多，有些近20岁的同学已有谈恋爱的迹象。有一天，丹竹头村的一个男同学和一个女同学到丹竹头树山里面谈恋爱，老师和同学们找了他们一个下午。后来，这个男同学知道我们在找他，他觉得没有面子见老师和同学，竟然想去跳河，好在老师发觉快，及时制止并教育了他。这个同学后来进步很快，考上了深圳中学。

读小学的时候，教育工作方针是教育必须为无产阶级政治服务，必须同生产劳动相结合，还提倡学生从小要树立“五爱”（爱祖国、爱人民、爱科学、爱劳动、爱护公共财物）观念。那时我们不但要读好书，而且每个星期都安排一天下午拾柴草给老师和同学烧开水用。学校有个小菜园，劳动课的时候我们全校同学轮流到学校下面的河里抬水上来浇菜。除此之外，每当夏秋两季，学校都组织我们到田里去割禾、拾谷穗和拾花生，集中起来交到学校，然后卖给公家。这些提倡勤工俭学的做法，使我们既懂得热爱劳动，又懂得为国家作贡献。有一天，我们全班同学到农民已收过的花生地里锄地捡花生，我们男同学特别卖力气，捡的花生很多，女同学相对捡得少。曾青云班主任在下午上课的时候，念了一首打油诗表扬男同学，批评女同学。他那首打油诗是这样：“今天上午锄花生，男同学来最积极，女同学来大食懒。”经他这么一说，我们全班的男同学个个都挺兴奋，但女同学都把头压得低低的。虽然这首打油诗有点过分，但对我一生热爱劳动、养成艰苦奋斗的习惯启发很大。

我记得考初中的作文题目是“劳动的一天”，考试前不久刚好学校组织学生到梧桐山帮忙砍树，用砍下来的树烧炭（那时正处于三年困难时期，往来老深惠路的两辆客车都是用炭来驱动的），于是我就以到梧桐山砍树为主题，完成了这篇作文，写起来挺顺利，所以印象特别深刻。

在我上小学的时候，课外活动确实很丰富。比如沙西乡农业社成立时，我们到吉厦村的禾坪上共同庆祝。我记得庆祝会上，是沙塘布的张庆第一个出来讲话，随后是沙西乡的温志成、张桂生讲话，然后是文艺演出。我印象最深的节目是沈昌奎和张春华同志一起合唱的《藏胞歌唱解放军》。我觉得参加这些活动非常有意义。那时我村的文艺气氛很活跃，特别是腰鼓队。由于腰鼓队里女青年不够，林仕其、谭伟清、林德义这些长得较帅的男青年就扮演女青年，腰鼓打得有声有色。那时，除了白天干活，青年经常利用晚上演出给群众观看，给我留下很深印象的节目，有由张煌带演出的《二斤铁》，意思是他拿锄头到打铁铺加二斤铁，谁的锄头都比不上他的；还有林德义、谭添喜这班青年演出的《解放桥》，主要歌颂人民群众和解放军的深厚感情。

少年见闻

土地改革运动结束后，农民生活逐步稳定，政府开始在农村建立互助合作社。1953年刚好遇上天旱，到了三四月份还滴雨未下，我村青年便组织突击队从盲佬坑（南岭禾地）利用二、三级水车驳水，把水抽到门前一带田里。青年带头，在抗旱斗争中发挥了积极作用。到了1954年，各村建立了初级农业社。南岭当时分为两个社（三社、五社），分别由谭煌友、袁英祥等人任合作社主任。那时农业生产一派大好形势。到1957年，农业生产已发展到一个高峰，我村为了解决深圳水库、白云墟一带200多亩土地的旱情，特意在现淘金山花园下面的土地上建了一个彭坑龙水塘，青年们日夜苦干，终于把水塘建起来了，解决了我村200多亩水田的用水。在建库期间，本村有一对青年男女谈恋爱，工地发给每人的一个包点，男的舍不得吃，专门带回来给女的吃，被人传为笑谈。

“高级社”时期我村生活一片欣欣向荣，村里也组织在旗头山开矿，当时矿工有张仕、林满农、张运发、李福娇等人，我村产的乌锡矿专门用来做枪炮，有的还摆在宝安县博物馆。1956年全村青年人在老禾坪造了一片青年林，主要种大叶桉树，把原先光秃秃的老禾坪变得一片葱绿。1957年，解放军驻在我村，当时我村很多小孩感冒，部队卫生队就用桉树叶煲水给群众喝。到改革开放前，桉树的树干已有34厘米粗。

1957年我村农副业全面丰收，柿子达到有史以来最高产量，有60多万斤。

随着社会的发展，为适应全国形势的需要，沙湾片三个乡（即沙东、沙湾、沙西）合并成一个大乡，布吉那边也合并成布吉大乡，当时的沙湾是一片繁华，很少有人去香港。沙湾老圩还在沙湾检查站下面，是一个较小圩镇，除了三户人家外，交通也较为便利，能直接通大望村，圩里有医院、百货商场、邮电所、杂货铺、理发室、杀猪屠场。圩镇往东上一个坡是沙湾汽车站，是清末民初由我村张济行等建成的高档候车站，有两台客车，由张济行的联新公司经营。村里有张甲秀、张煌等人在那工作。

沙湾人去深圳交通还算便利，那时沙湾地区人民每星期三晚上都可以看电影，电影队的解说员解说得非常精彩，人山人海，热闹非凡。各村的篮球队也经常在原沙湾小学（现沙湾老圩）下面的球场比赛。我记得有一次，我村篮球队对丹竹头篮球队，上半场输给丹竹头45分。我村球队由林子列、林长才、谭伟清、袁福生等人组成，那时打篮球技术比较好的还是张学文、张荣光二人，他们当时还在深圳中学读书。为了打赢这场比赛，乡亲们很早就派人去深圳中学通知他们回来，最终在上半场结束时，他们坐公共汽车在厦村与樟树布村交界的地方（名叫厦村坡）下车，村民像迎接贵宾一样欢迎他们。张学文球艺高强，他在深圳中学读书时，就曾代表宝安县篮球队比赛多年。下半场比赛开始，他入场后，球传到他手里，越过界二脚半就投篮，百发百中。当时裁判员是丹竹头的沈康宁，虽然他吹哨偏心，结果丹竹头还是倒输给南岭村五个球。打完这场球后，沙湾大乡负责人马上宣布，第二天的比赛是沙湾大乡队对布吉大乡队，这场比赛是在布吉中心小学篮球场举行的。由于张学文他们二人要回学校上课，没有参加比赛，结果沙湾大乡队战败了。

我三弟出生那年，后来成了村青年文化室骨干分子的张伟粦、张佛恩、袁莲娣几个人的母亲也生了孩子，除了张伟粦的母亲生了个女孩叫张伟英，其他的都生了男孩。张佛恩的弟弟叫张文辉，张文辉出生那年，他母亲已经48岁，属老来得子，而且张文辉是家里的独子，父母亲视他为心肝宝贝。在那个困难时期，张文辉和袁伟青最幸福，几乎每天晚上他们的父亲都带着他们到村里小店买糖果、饼仔或大饼吃，一般穷苦家的孩子是没有这样的福分的。袁伟青的父亲袁观喜负责把村里的大树砍下来，用很长的木锯把大树锯开大块，卖到蛇口造船厂造木船。他家生活挺富裕。有一次，袁观喜带着袁伟青去小店买零食，袁观喜问他儿子想吃什么，他先买了麻糖，儿子说不要，接着买了饼仔，儿子仍然不要，最后买了一个大饼，袁伟青才要了。后来袁伟青得了个外号叫“大饼”。那时群众生活困难，难得吃一餐饱饭。袁观喜因为在深圳锣木赚钱较多，收入丰厚，后来干脆把老婆孩子接到深圳新安酒家长住。

那时酒店也要粮票才可以吃饭，但如果到罗湖火车站，你只要花2角钱买火车票到布吉，就可以在车站餐厅吃饭。火车站餐厅的饭菜好，而且便宜，可以吃得饱，吃得好。记得有一次，我家捉了很多蛇，全家人为了能去火车站吃餐饱饭，就把蛇拿到文锦渡出口卖了钱，然后去罗湖火车站，买上去布吉的火车票，在火车站吃了一餐饱饭。当时，村里的袁唐修也和袁观喜一起在深圳锣木，生活还可以，他经常带着家人到罗湖火车站吃饭，我和他儿子袁壬桂交情好，跟着他家去吃过两次饭。在那个困难时期，能吃上饱饭是多么不容易啊！

进入1958年下半年，我已读六年级了。全国的高级社全部改为人民公社，布吉人民公社于1958年9月28日在布吉与草埔石坝（地点）开大会成立。开完大会后天下着大雨，我和张必清、李宏庆三个人翻山越岭经布吉罗岗山头到白鸽笼这条山路回家。人民公社开始宣传“三个法宝”[①]（即人民公社、总路线、“大跃进”）、“一大二公”。上面通过了“鼓足干劲、力争上游、多快好省地建设社会主义”的总路线，并提出几年内提前实现钢产量赶超英国的目标，发动全民炼钢铁，宝安县选在横岗山子吓矿场炼钢。当时主要是砍我村山上的松树来烧炭。由于山子吓的矿石含铁量极少，为了完成任务，各家各户把窗门铁栅拆掉，把烧饭的锅打烂，全部搬到现在南岭派出所侧面的空地堆放。那年刚好我家二弟出生，同年出生的有几个，产妇需要大锅每天烧开水给小孩子冲凉，因此我家的锅非常幸运地保留了下来。劳动力全部安排炼钢，并在梧桐山砍树烧炭，供应给用石头建起的炼钢炉用。由于炼钢，村里剩下的劳动力很少，我们这些学生年纪较小，也利用木头做成的鸡公车（手推车）

①1960年5月以前曾称作“三个法宝”，5月以后改称为“三面红旗”。——编者

到处捡牛粪并帮助收割晚稻。

1959年，由于上年晚稻无人收割及管理，公社化发展到全部人吃大锅饭，即大人、小孩全部在张姓祠堂改成的食堂吃饭，很快粮食就吃光了。加上“浮夸风”，报产量“放卫星”，开大队干部会议，各个大队干部都要报，报得少就挨批斗，报大数就受表扬，结果粮食很快吃完了，上级不相信，要求清仓。当时我村放稻谷的地方有两个，一个在新棚（即姓林茂昌学校），另一个在张英娣的家，因为他家有三间大屋，三个人住，有地方。清仓开始当晚，新棚的粮食每担过秤，但是两个地方只有新棚有稻谷。干部清仓走后，下半夜村里又派人把稻谷搬到张英娣的家中，这样应付上级检查。

那一年，我村柿子丰收。当时解放军备战在我村驻了一个团，在求水顶、深龙坑、大龙山挖坑道。因为蒋介石要“反攻大陆”，加上国家要找矿，有一支地质队住在现在社区服务中心后面的一排房子，其中有几间烂瓦房，剩下一块空地刚好用来放柴油发电机，那时他们每天晚上定时发电，主要供应部队。当时部队在现在村委大楼这片稻田上搭马房（那时除了汽车还有马车），每天早上部队的马都到现在的大榕树底下打马钉（过去那榕树很高大），并且村民把村里最好的稻田给部队种菜。我们经常爬到树上去追逐。大榕树刚好有一枝粗壮的树枝伸出来，部队养马的人把马拴在树上，就利用这个办法给马打马钉，我们天天都去看。部队对群众感情也很深，每星期有三次电影免费给村民看，还在林姓祠堂设立卫生队，那时我和李宏庆、张必清经常到部队卫生队去玩，并和卫生队罗镜元排长结下友情，部队撤防时，我们还一起照相留念。那年由于我村缺粮，很多小孩出麻疹，好在罗排长救了他们，否则我村会有很多孩子生病而亡。村里的张连辉才3岁左右，有一天在门楼前的池塘边不小心掉进水里，被人救上来时已是奄奄一息，好在送到卫生队，在罗排长的精心救治下，终于救回一条命。那年部队驻在南岭村，把整个村子搞得干干净净，由于当年柿子丰收，部队派出一个排帮忙摘柿子，在三块（土名，现华南厂位置）有个战士不小心从树上掉下来，把手骨摔断了。除了收柿子，部队还出动汽车、马车帮忙运柿子。当时把收回来的柿子堆在现华南厂东边的草坪上，部队一车车运到沙湾收购站。除此以外，那时没有粮食。但每个村还办了幼儿园，是先保证在幼儿园上学的孩子吃饱饭的，读小学三年级以下的学生可以每天下午放学回家到部队饭堂吃饭，但我因为超过了年龄，就没有这个福气了。由于肚子饿，我和同班同学林天生去部队菜园摘瓜菜充饥。

到了1960年，粮食更加短缺，为了解决香港供水问题，政府决定建设深圳水库，由惠东、东莞、宝安县抽调所有劳动力参与建设。我记得深圳水库初开工时，在沙湾公路边挂上一块沙湾河水电站的牌，外县民工不知道，都盲目来到沙湾，结果这块牌子就被拆掉了。建设水库非常艰苦，村里办有集体饭堂，用瓦钵蒸饭，如你没有去水库做工，当天就无饭领，一人一钵饭。

那时我正值发育时期，却吃不饱饭。村里食堂派人到梧桐山挖黄狗头（一种野生植物），饭堂人员将它切碎，用少量木薯粉做皮，将黄狗头包在里面给我们吃，我们根本吃不下去。村里在饭堂工作的人员条件较好，他们自己留有番薯、大米做饭食，并把番薯根倒在林姓祠堂的粪堆上，村里有几个老人每天一早起来忙着去抢这些番薯根充饥。1959年下半年，我读初一了，但是家里很穷，一星期家里给1角钱伙食费，我的衣服是全班最差的，每星期我只能带小瓶酱油去学校送饭吃，饭又不够吃，严重影响了我的发育。

人民公社化时期，村里办起了托儿所、幼儿园，村里的孩子每天都能有饭吃，算是很幸福的了。那时村里的张带娣、张守芬的母亲戴惠清等人都在幼儿园里做老师，她们照顾孩子非常周到。托儿所办的时间最长，主要是为了解决家里没有人手带孩子的问题，孩子可以放在托儿所里托管。当时村民一大早就要出去劳动，晚上8点多才能回来，把在托儿所的孩子领回家。负责在托儿所里看小孩的是曾唐娇（林玉如的祖母）和九李娘（林子贤的祖母），她们很负责任，把托管的小孩当成自家的一样照顾。托儿所一直到改革开放前才停办。村里的张利灵是九李娘一手带大的。每天睡觉时，九李娘要把她放在摇篮里不断轻轻摇动，她才肯入睡。因而九李娘给张利灵起了个外号叫“安乐”。我的三弟也是曾唐娇和九李娘带大的。南岭村的村民及后辈，凡在幼儿园、托儿所托管长大的，都应该好好感谢她们。虽然现在她们已经去世了，但她们这种把别人家的孩子视如己出的好心肠，坚持十多年从早到晚对孩子细心照料的可贵精神，难能可贵，值得全体村民永远牢记、继承和发扬。

生母继父

我母亲和继父一样勤劳、肯干、能吃苦，干集体的活，都是带头去做，从不计较。

我的继父不但善于捕捉蛇和青蛙等，而且还会医治被蛇咬伤的人。他很顾家，我记得建设深圳水库时，村里安排他在工地饭堂做饭。那时是用瓦钵来蒸饭的，做工的每人分一钵，每天会有几钵饭剩下来。他就连夜把饭拿回家里，给弟妹吃。他为人厚道，热心帮助人，大家都叫他安叔或安叔公。他会舞麒麟，能翻一套很拿手的藤伞功夫，他的藤伞功夫一直传到现在。他86岁那年，仍然在村里的华泰厂饭堂做事。一天早上，我去求水山爬山，快回来时，接到村里仕传叔的电话，他说："我哥（即我继父）中风了。"我急忙跑回家，发现我继父除了眼睛会动一下之外，全身都无法动弹了。我即刻把他送去南岭医院抢救，并请深圳人民医院和我挺要好的陈伟宏医生过来帮忙抢救。经十几天的救治，我继父慢慢好了起来。我每天晚上都待在医院看护，出院后，我请了一个人照护他。那时，他能走点路，但不够半年，不幸又跌了一跤，这次就很难救治了。我只好经常在医院陪护他，直至他离世。

我母亲和同一个生产队的妇女们特别有感情，如过去的戴惠清、李玉连、李仁娇等。记得我母亲参加深圳水库建设，从早上开始干活，到晚上10点多钟才回来，她不顾自己辛苦，领了饭只吃一半，剩下一半带回家给我们兄弟几个吃。

母亲勤劳、吃苦、乐于助人的精神对她的子孙影响至深。改革开放后，每当村里动员群众为贫困地区、灾区捐款，她都带头。村里一些治安员家里有困难，她都会捐出多年的积蓄资助他们。她对子女管教很严，村里的男女老少见到她，都称呼她为郑叔婆。我们几个兄弟姐妹，都是在母亲勤劳、吃苦、乐于助人的精神感召下成长起来的。她经常对子孙说："大家要记住共产党的恩情！"改革开放后，"大家做梦也想不到有今天的好日子"这句话，是我母亲最先说的。

我的母亲离世时刚好94岁。母亲得病，是我意想不到的。我从小一贯孝顺母亲，村里人都叫我孝顺仔。我母亲离世前身体很好，体检的各项指标都差不多达到当兵入伍的标准。她虽然年纪大，但还能像我一样天天爬求水山。我非常敬重母亲，到湖南、四川等地扶贫，都带着她一起去，有时也会叫村里几个人陪着她一起去北京。特别是我的两个表妹，桂梅和玉珍，把我母亲当成她们的母亲一样，母亲去北京经常由她两人照料。我有空就会去她们住的酒店看她们。意想不到的是，2014年3月，我弟弟带母亲去医院体检，发现她脖子上有一小点东西。当时我不是很在意，每天早上都陪她去求水山青少年活动中心散步。有一次她下半坡时，走几步就走不动了，她还满脸笑容地说不知怎么一下子就走不了。我以为她年纪大缺钙，就请深圳市人民医院一位专科老主任每天给她补钙。谁知越补越差，到当年5月，才发现她得了不治之症。她已经94岁了，本来这种病应该跟她无缘的。

母亲病重期间，我想尽办法，还请了郑俊江医生专门看护她。郑医生的父亲是名医，他1983年来到村里，一直视我和我的家人如亲人。我村有一种草药叫独脚乌桕，可以祛毒，只有求水山上有，我听说它对母亲的病有好处，就带着锄头去找。很快我在浓密的草丛里找到两棵，连忙钻进去，锄了手指头那么大的两根。回家把它捣烂，用酒给母亲敷上。虽然有我的日夜陪护，但母亲的病已到晚期，她于当年6月10日下午2时整离世了。

母亲带头参加捐款活动

母亲生前一直教育子女要做对国家有用的人，要为社会做好事、做善事，这些话语都深深烙印在我们兄弟姐妹及子孙的心中。母亲这种精神是最伟大的。在深圳沙湾殡仪馆送别我母亲当天，有位在珠海工作、曾经得到我母亲资助的人，和他的家人凌晨3时便到了。村里为母亲送别的有好几百人。

第三章 青春之歌

参加劳动

初一读完，由于家里穷我不能再去上学了，16岁下半年回到村里，同大人一块参加劳动，最初跟那些妇女一起劳动，受人欺负、歧视的事是常见的。村里还有几个人和我一样，属于母亲改嫁的，同样经常被人欺负。

有一次，我在鸭秋湖（土名，现龙山工业区位置）放牛，村里有个人也是姓张的，和我差不多年纪，他生得高大，就想欺负我，隔着几块田跑过来要打我。我已做好打不过他的准备，等他来到我面前动手打我，我马上紧紧咬住他的一个手指不放，他大喊救命。经过这次后，就很少有人敢欺负我了。而被人歧视是常见的事，有一天我跟着妇女在马池田（现在南和厂旁）种花生，有一箩筐花生种，因为大家都肚子饿，就去偷吃，我跟着去，也拿了一粒，准备入口时，被一个姓林的队长发现了，他用手指着我的鼻子，叫我把嘴里的花生粒吐出来放回原处。过了两个月，我跟林华（林小安的父亲）一块做工，林华对我挺好，我怎么做都可以，这时我才摆脱被人欺负的日子。接着我又和林金华、张安明、张仕传等五六个人一起做工，我在横坑峯（现玩具城）学会了使牛犁地、耙地。

随着时间推移，转眼我到了17岁，当时南岭村由四个生产队分为八个生产队，我们马鞍山这片及大围村、林德义等组成一个生产队，我开始做生产队的会计员，林德义当出纳。当年生产队为了搞点钱，派出林球（东福父亲）带队去大龙山旗头山开矿，我去当矿工，每天都要带一套旧衣服进矿洞。我和林少文一个组，一人拿铁锤，一人拿铁钎，进矿洞对准坚硬的矿石，把炮眼打到50厘米以上就开始装炸药。因林少文很怕死，每次装雷管放炮都要我去干，矿井很长，有几百米长，在里面装好炸药后，把炮引留长一点，以便点火后有较长时间跑出矿井。我当矿工有一年时间。

1962年下半年，由于家里的原因，我不得不离开马鞍山的家，回到我叔父的家，即我出生时的家。我叔父有两间房子，一间15坑瓦[①]，一间13坑瓦，还有一间牛栏屋。我叔父张祥友知道我的来意，他马上叫侄子住到小的那间屋，并叫人把我住的那间屋的灶

①过去通常用坑瓦的数量表示房屋的宽度，1坑瓦为25厘米。

——编者

头、煮饭等用具全部置办齐全。两间屋的中间有一个小门，放上一块木板相隔，双方说话都能听见。我搬回老家后，经常在两个叔父（一个满贵叔，一个祥友叔）家里吃饭。衣服如要洗，满贵叔的大女儿云娇（后嫁到莲塘村）就会帮我洗干净。

青年工作

我青年时期经常阅读《红岩》《野火春风斗古城》《钢铁是怎样炼成的》等红色小说，看红色电影。这些革命传统教育，使我树立了正确的人生观、价值观，树立了全心全意为人民服务的信念。1962年底，我迎来了人生转折。由宝安县组织，每个公社派一个人去博罗县石坝公社黄山洞大队学习毛主席著作，因为我表现积极，布吉公社、沙西大队把我作为培养对象，公社就选了我一个人参加学习。出发那天共有100多人，分几辆解放牌汽车送我们去。大家都很年轻、有活力，每辆车插上红旗，一路唱歌，经过三四个小时终于到了博罗县石坝水库。由于没有公路，我们只好步行，沿着石坝公社水库一共走了18个弯，花了近两个小时才到达黄山洞村。当时学毛主席著作是惠阳军分区在那里搞的，黄山洞村很穷，全部是泥砖房，我在那里住了十多天。那年天气特别冷，早上6时起床，按军事化要求训练，走到河边，水都结冰了，在那里洗脸刷牙，吃完早餐后就坐在村里的一块比篮球场还大的地方，边听讲边记笔记。那时我上进心很强，挺开心。黄山洞村是惠阳军分区的一个点，那里的民兵装备和部队一样，用的枪都是仿苏式的7.62毫米步骑枪，杀伤力很大，射程近600米。当时黄山洞村的田华桂任民兵营长（后任黄山洞村支部书记），学习完后，他带民兵拿着枪去打靶，用实弹射击作表演给我们看，我们十分激动。而我村的民兵还是用七九步枪和德国老式步枪，又长又重。

学习回来后，我更加积极工作。1963年初，我加入共青团，之后担任团支部书记。两年后的1965年，我光荣地加入中国共产党。在上级领导的关爱下，我那时的社交范围很广，结识的人很多，为我当大队干部打下了基础，我工作更加积极。沙西大队支部书记张桂生，是驻布吉公社的县公安员，到沙西大队挂职书记。公社团委书记李玉芳是大望村人，水库建成后搬到布吉住，他经常下乡调研青年工作，来我家并和我一起睡在一张床。公社书记黄木生是梧桐山人，是土生土长的老干部，为人温和善良，经常深入基层和群众一起插秧种田。他和我感情相当深厚，他下乡也在我家住，和我睡一张小床上，经常和我谈心，谈对党对国家要忠诚。

当时也因无钱读初中回来的李宏庆、张必清等人开始和我一起搞青年工作。那时青年不多，男青年七八个，女青年五六个，共十几人。我们在茂昌学校办文化室，我担任文化室主任。那时很艰苦，连一张桌子也没有，凳子、煤油、煤油灯都要由家里较富裕的青年捐出来。我带大家每晚学习唱歌，写剧本演戏，那时我写了一部剧，名叫“一家人”，共有七个演员，我们把节目准备好后，第一次在沙吓球场演出。由于我们没有演过戏，出场时很紧张。我就近找了张银娇家的水缸一连喝了两碗水，把心定下来。演出还算顺利，群众评价很高。每天晚上，我在文化室活动完，都会有七八个女青年和我一起到我家聊天，凳子不够，就坐在房间的小床上。大家在那里谈感受，经常凌晨四五点才睡觉。说起那时的生活，虽然艰苦，但很开心。有的女青年家里条件较好，连我用的手电筒、电池，都会帮我买上。

为了搞好文化室，占领农村思想文化阵地，我每天很早吃完晚饭，村里几十个青年也一样，差不多同时到文化室活动。为了解决活动经费，我想尽办法。有一次我和李宏庆、张必清几个青年商量，要去三洲田（现在东部华侨城），捉金鱼仔卖，以筹集经费。当时每条金鱼仔可以卖到七分钱。我们村里只有我的生产队一个土名叫山焦窝的地方（现在中丝园里面），有一块清凉山泉水田，有少量金鱼仔可以捉。

每当要去捉金鱼仔，我就安排村里女青年在前一天的下半夜蒸好像年糕一样的“碗粄”，第二天一早，我和六七个男青年，每人在自行车后面放两个水桶，带上“碗粄”，骑着自行车来到横岗山子吓山脚下。我们把车子放好，一个人肩担两个水桶，爬近一个小时的山，才到达三洲田。当时接近初秋有点凉意，我们抓紧脱掉衣服，穿着短裤到河里，在水里发现一条金鱼，就立即用蚕丝织成的网袋，捞起来装进桶里。桶里放着水，鱼就不会死。我们在三洲田河里整整浸了一天，来回捕捉，一直到傍晚太阳下山才爬上岸来。经点算，大家共抓到200多条，可以卖十几块钱。

那时除了做集体工作，我们还有一些空余的时间。我是民兵负责人，一有时间就叫上李宏庆、张必清等五六个青年到求水山一带打野猪。那时求水山东面连接现在的沙湾检查站，西到现在的布吉农贸市场。我们带上枪和猎狗，猎狗闻到野味就狂叫，狗跑到哪里我们就追到哪里，一天到晚连水都顾不上喝，我的身体是那时锻炼出来的。

除了上山打野猪，我很喜欢领着几个男青年去戽鱼。戽斗是铁皮做的，我们常去园坡、洋潭的河里戽鱼，提回的鱼用于晚上一起聚餐。位于大龙山大芬村的河叫长湖，那里有很多鱼。有一次，我和李宏庆、张必清等几个在那里戽鱼，张必清那时还看管着他生产队的一头大水牛，我们几个人从上午戽到下午一直没有吃东西，饿了就起来在大芬村人砍过的甘蔗地里，把甘蔗头挖出来，不管有没有沙子都拿来充饥。下午5点钟左右，河水快要清干净了，鱼很多。当我们准备捉鱼时，大芬村一个姓洪的田间管理员看见河里面有很多鱼，他就眼红我们，随即用锄头把长湖上面的拦水坝打开。水坝一开，水全部涌下来，鱼抓不到了，我们白辛苦了一天，扫兴而回。后来，姓洪的还不到60岁就病亡了。还有一次，我和张金水去小洋潭戽鱼，当时从马鞍山到村里是一片稻田，都属青年队负责管理。那洋潭也是有很多鱼，村里一个姓林的青年队队长看了也眼红，同样把上面的拦水坝打开，导致我们戽了几个钟头，一条鱼也抓不到。后来，这个人也是短命，不到60岁就病亡了。所以做人要做好人，做好事，做善事，要做帮助人的事，不要做害人的事。

那时南岭村的青年很活跃，青年男女都是民兵，实行组织军事化，集中睡觉。睡过的地方有张英娣的家（即现在社区党群服务中心旁边的炮楼），女同志住楼棚，男同志住炮楼，还有新棚楼仔姓林茂昌学校。

那个时期，我很注意发挥带头作用和青年集体作用。过去村民从大井（现万家乐商场位置）担水喝，每逢下大雨，大井就会被大水冲满。我们几个青年带上铁桶，一桶一桶把大井清干净，这样的情况每年有七八次。如村里的小孩生病，特别是难以救治的病，我都会想尽办法，筹钱帮助他到广州医治。改革开放前是很困难的，不管多困难，我都尽力筹款，帮助他们把病治好。对于无法救治的，我也尽力给予支持。那时，我还没有结婚，有些老人家去世，我亲自为他们换上寿衣，让他们安详离世。有的老人家病亡，我亲自上山为他们挖土埋葬。有一次，有一户村民的家晚上8时失火，灭火后，家里的用品、床单等都被烧光，我连夜帮他们买回床单等生活用品，让他们家庭感受到集体的温暖。记得有一个晚上，村里杨亚娘肚子痛得很厉害，无法止痛，要送到深圳人民医院。那时去深圳医院是很困难的，我只好叫上一班青年，用杨亚娘家的房门做担架，把她抬到深圳医院，待她病情稳定，第二天我们饿着肚子走路回家。有些村民会演戏，因为有家庭有孩子，家务重，抽不出时间排练，我就安排女青年帮他们做家务，天天如此。

那时沙湾片的青年经常在一起，大望村的李庆元、何和发，厦村的戴文明，樟树布的邓汉平（沙湾大队团支部书记，党员）、邓连英，吉厦村的郑玉友，沙塘布村的张玉珍，丹竹头的凌天送等，经常开会，那时我是大队的积极分子，也是布吉公社的积极分子。我的第一个奖状是宝安县先进群师奖。

从1963年我在村里任团支书、文化室主任开始，直到1979年这段时间，我不但在村里担任干部，而且在沙西大队担任党支部副书记和生产大队长。那时文化生活较为单调，我经常组织村里青年晚上到深圳戏院看电影。因为村里穷，很多女孩子都不愿跟南岭村男青年结婚。为了解决青年的终身大事，我就做起了“红娘”。我非常注意男女青年交往的想法。我看到谁和谁较为合适，就利用晚上放哨排班的机会，尽量安排他们两人一个班。去深圳看电影，也有意安排他们共用一辆自行车。这样逐步加深了他们之间的感情。这个办法非常有效，最终促成十多对青年结为夫妻。那个年代，虽然生活艰苦，但是我们那一代人过得非常有意义。特别是集体主义精神非常强烈，基本上我叫他们干什么，他们就干什么，当然干的都是对党对群众对村里有益的事。18至24岁，是人生的黄金年龄，也是最宝贵最难得的，一眨眼就会过去，我非常珍惜。俗话说“寸金难买寸光阴”，就是这个年龄。因为这个年龄，没有家庭负担，想干什么都可以，也是人的一生中精力最旺盛的时期、身体最有活力的时期，特别珍贵。

乡村爱情

1963年初，沙西大队为了发展经济在我村横排浪建了一个砖瓦厂，师傅叫江九，惠阳人，负责请惠阳良井一班砖泥瓦师傅做瓦做砖。村里张伟彝，还有沙塘布村的张天福等人学做瓦。由大队财经队长刘建雄负责，大队在横排浪戴二娇的两块柿子地旁建设办公地点，江九师傅也住在那里。村里女青年袁连娣负责烧水。每个村轮流派青年男女担瓦泥，那时各村派来的青年里，吉厦村女青年最年轻，也很漂亮。

有一天下午约3点钟，一个解放军战士独自赶着马车在公路上走过，公路离砖厂很近，他看见担瓦泥的那群姑娘，就忍不住回头看，不小心从马车上掉下来，被车轮压住了。我们看见后，即刻同张伟彝几个青年跑过去，把他从车轮下拉出来，那时他已不省人事。我马上把江九师傅的那张新棉被拿来包住他，几个人上气不接下气地送他到沙湾医院抢救（现沙湾检查站下面），但很不幸，经抢救无效死亡了。我们就跑到邮电局，请一个名叫梅芳的邮电局工作人员打电话给部队，让他们派人来处理。我们心里相当难过。

横排浪砖厂用煤烧红砖，用松树枝烧瓦，砖要烧近一个星期才能出窑，搬一窑砖可以赚15元。我为了筹集文化室经费，就组织村里男女青年20多人连夜搬砖，累了就一起睡在草地上，我被几个女青年夹在中间。我们感情很好，大家像兄弟姐妹一样，并不见怪。

在横排浪砖厂工作时，我是不用参加劳动的，我是管理员，刘建雄不在时由我负责，那时我很年轻，才18岁，但是我已经很成熟了。说来有点奇怪，两个我喜欢的女孩子都是在工地草棚喝水时看中的。

有一天，我到袁连娣烧水的地方端着一碗水准备喝，一眼看见吉厦村那几个在倒瓦泥的姑娘。她们戴着凉帽，每当泥倒下去的时候，凉帽也会翻过来，每个女孩子的脸都看得很清楚。我看见其中一个特别靓，心里很喜欢，就想办法去追她。后来，她在大队当赤脚医生，我在大队当文书，同在一栋房子工作，她在下面看病，我在上面办公，晚上我值班，她要出诊时，我用自行车送她去给人看病。经过几年相处，后来，她去氮肥厂做医务人员了。

南岭村和木棉湾村是相邻村，但过去两村青年并不熟悉，经常因稻田用水发生争执，甚至打架。因为南岭村里的田在上面，河里的水肯定先灌溉上面的田。每天晚上，木棉湾村人就把鸭秋湖上段的坡头缺口打开，让水流到下面木棉湾村的田里，南岭村的田就没有水。南岭村有个稻田管理员叫林梦金，他会功夫，可以对付几个人。有一天晚上，林梦金一个人在田里看守，半夜，木棉湾村生产队管水员曾合仁（别人叫他打锣仔，曾伟其祖父）又来打开缺口。林梦金一出手就把对方的鼻子打肿了，第二天投诉到布吉公社，公社只好派人调解。

1963年下半年，为了解决南岭村和木棉湾村的种田缺水问题，由公社派人负责组织，南岭村、木棉湾村出劳动力，建设丁心窝水库（现在南湾人民医院临时用房上面的停车场）。丁心窝水库就是因为两个村争水而建的，公社派出技术员名叫刘志平，看上去近60岁，平湖白坭坑村人。丈方员是我村的李品光，后来增加了木棉湾村的曾亚华。南岭村派出的人全部是青年，由我负责，木棉湾村由曾亚辉负责。南岭村在东边挖土方，木棉湾村在西边挖土方。建造时，先把坝基两边的泥土清得干干净净，不能有松土淤泥，两边用石头筑牢。为了加快进度，工地下任务，要到现在求水山荔枝园的上面挖石头，质量要硬，每人每天要完成1000斤石头，直接担到坝面就可以回家。因为我们都年轻，每担石头都超过250斤，分四趟就完成了。坝基筑好后，开始采用打鹅式把土压实，即一块大方麻石拴上绳子，由四人各拉一条，一上一下去压土，进度很慢。后来就改为“水浸坝”，做法是先用泥土四面围起一个大圈，中间放上沙子，然后把土倒在里面，再用抽水机抽水，把土灌实，这样进度很快。

那时我的妻子林静妹还是在校读书的学生。当时工地在石壁下（即现公园长征园过去一点地方）搭个草棚，放上大锅，用来烧开水，静妹是主动参加烧开水的。一天中午，我和张伟粦一块去到烧开水那里，拿起碗准备喝水时，就看见回村的山坡路上，一个女孩拿着担杆去上山割草（烧开水用），我问张伟粦那人是谁，张伟粦说是庆叔女儿。我说，这个女孩看上去还可以啊！心里就想要追她。刚好过了一个星期，布吉公社组织各村青年到观澜参观库坑村的文化室。当时全县文化室搞得最好的是库坑，共青团工作搞得最好的是横岗西坑大队，西坑大队还被评为全国优秀团支部，团支部书记曾受到毛主席的接见。我坐车去库坑途中，写了一封求爱信，趁着汽车在龙华中途休息时，将它在龙华车站寄出去了，三天左右静妹就收到信了。我虽然见世面多，但还是有点紧张。有天早上，我从店仔巷出到大巷，本来是去沙吓，刚好碰见静妹从她家出来去张英娣家。我感到不好意思，就绕道从店仔巷上面林才家的巷子走。

随着时间的推移，丁心窝水库要赶在第二年雨季前建好，那时单靠我们两个村100多青年是无法完成任务的。这时公社下令布吉大队、沙西大队的劳动力要全力以赴建好水库，水库终于在1964年雨季前完成。我们和木棉湾村的青年也建立了浓厚的感情，两村还派宣传队到对方村里演出。曾元夫是和我最要好的一个人，他父母很早过世，一个人过日子，他想和张汉华的姐姐张银娇谈恋爱，由我牵线，水库建好后他们俩便结婚了。我和静妹的感情也在慢慢加深，因为她喜欢唱歌、跳舞，有时她来村文化室，我和她暗地里谈恋爱。那时她还在布吉读书，每到星期六我到南门墩公路边等她，她坐我的车回家。为了不引人注意，到了现在社区服务中心位置，她便下车。第二天下午我再去现老医院下坡路口等她，送她到南门墩河边的小石桥上，我再回家。就这样一直接送到她毕业。后来，我们终于结成夫妻。

民兵骨干

在20世纪50年代后期我村曾发生过一次特务进村的事。那时有个叫林光的人，带着手枪偷偷进村，想把他的家人带到香港去，结果被民兵发现了。林光这个人很刁钻，他跑到松树岗桥（现在步行街出来的十字路口）下面的河里，在桥底躲起来。等民兵追过头后，他才从大横坑（现老医院）这条路又跑到香港去。

蒋介石自1962年开始叫嚣“反攻大陆”，1964年是更为猖狂的一年。在台湾的国民党派出飞机在广东电白、惠东等地空降特务，并经常通过香港派特务从梧桐山等沿海地区偷渡进来，计划筹备队伍里应外合，达到“反攻大陆”的目的。那时我们民兵接到任务，就立即出发。有一天晚上根据县里指示，我们沙湾、布吉两个地方的民兵紧急赶往梧桐山。刚好是秋冬时节，我们扛上七九步枪，以超快的速度赶到梧桐山横排岭村的一片稻田上。那时已收割完晚稻，田里还有很多稻草。部队部署在第一线（即梧桐山上主要位置），我们在后方作为后续支援。我带着林少文，两人同站一个哨。林少文很怕死，把枪交给我，小声对我说："你不要睡觉，我耳朵有点不好，如果有特务来到都不知道。"那时我是民兵的负责人，经常参加公社组织的到驻龙华、布吉大坪等部队的训练学习，对于站岗放哨我是比较懂的，很多知识我都知道。比如晚上从山上往下看是很难找到目标的，如果从山下往山上看就容易找到目标，是人是动物都能分得很清楚；人的脚步是单调的，动物的脚步是较凌乱，步调和人区别很大；等等。

为了能更好完成任务，公社专门组织指挥部，不论是剿匪，还是去梧桐山救山火，指挥部都会为民兵准备好大批饼干（那时饼干是很难买到的）。一次有个外地人想从梧桐山顶偷渡去香港，由于山高路不熟，结果困在山上。他怕死，只好用带在身上抽烟用的火柴点火烧山引起大家的注意，先头部队（解放军）赶到灭火时，发现他的脚断了。那次全宝安县出动了近万人。像这样跑步去梧桐山是习以为常的事了。

那时进来的特务，装备及枪支都很优良。有一次，空降特务在惠东县平海小星山登陆，当地的公社武装部部长张包带领一个民兵排，坐船前往小星山（平海中间有两座山，一座叫大星山，一座叫小星山）。他们登上小星山，被特务在暗中发现了，特务利用有利的地形向民兵开枪，张包部长就是在那次被称为小星山战的战斗中不幸牺牲的。后来，我有机会去到平海，隔海望见大小星山，像小尖锋一样直立在海中间，算是还了多年的一个心愿。

20世纪60年代，民兵基本上每天晚上都要站岗放哨，主要任务是防备特务进来。我们当民兵是不计报酬的。有一次我和张必清、李宏庆到吉厦村郑凤沥与横岗深坑交界点站岗放哨。这个哨位很重要，走山路可直通梧桐山。那天晚上天很黑，我们早上6点钟换岗时，发现丢了一颗七九式步枪的子弹。我们几个人从深坑到丹竹头桥这段两三公里的路上来回找，结果那颗子弹还是没能找回来。那时子弹管理很严格，每支枪最多配备七八发子弹。枪支每天都要拆下一些部件然后用抹枪布反复擦干净，爱护枪支就如同爱护生命一样。

除了大队党支部书记外，大队的其他职务我都担任过，特别是民兵营长、团支部书记、文书、文艺宣传队队长等几个职务一肩挑。我对民兵工作非常熟悉。那时的民兵工作，“党管民兵”摆在首位，公社武装部属双重领导，上面是县武装部，公社武装部部长由公社党委委员担任。民兵工作非常扎实，做到“三落实”，即“政治落实、组织落实、军事落实”。政治落实是坚持以马克思列宁主义、毛泽东思想为指导；组织落实是大队民兵营下面有连、排、班，并要做到官兵相识；军事落实是要经常组织军事训练，做到召之即来，来之能战，战之能胜。除此之外，还强调坚定正确的政治方向、艰苦朴素的工作作风、灵活机动的战略战术。那时民兵分为三类：一类是武装民兵，公社设一个武装连，各大队设一个武装排，武装排30多个人，每人配一支枪；二类是基干民兵，年龄在18周岁到35周岁；三类是普通民兵，年龄在36周岁到45周岁。到了20世纪60年代后半期，由于国际形势需要，全大队民兵的旧式枪支全部更新，换上了当时最新式的武器，配备了五四式冲锋枪10支、全自动步枪20支、半自动步枪20支、轻机枪1支。轻机枪的子弹一包成排，每排150发，装上轻机枪可连续发射完，还配有正副射手，副射手负责扛子弹，如果正射手出现伤亡，副射手就顶上。

运动亲历

1965年初，全国开始“清思想、清政治、清组织、清经济”的运动。布吉公社的工作队，由广东省外贸单位和九龙海关抽调的几百人组成，分配到各个大队。阮克明是“四清”工作团的团长，我村的工作队员有罗作奎、张佩兰、孙质彬、刘者、刘振威。罗作奎、张佩兰来自深圳海关，张佩兰是文锦渡海关女关员，后来去了香港并生有一个孩子。孙质彬、刘者、刘振威来自广东省外贸单位。孙质彬是片长。刘振威是个大学生，梅县人，身材较弱，一副书生模样，他的字特别有风格，与众不同，人品很好，他有个小孩叫刘小凡。我和刘振威、张佩兰感情很好。张佩兰是女同志，挺会想办法帮群众办事，当她知道我们生产队要在马坑（地名）种香蕉，就特地带领一队社员去到文锦渡桥头海关附近，那里有很多野生香蕉树，我们生产队全体队员一棵一棵地挖，弄回来几十棵种植。

有一次深圳水库的水漫上了现在我村连通吉吓村的桥，路面被水浸了，没有路通去沙湾。我们村的人只能从吓河小路绕过坳龙顶，经沙塘布和吉吓村交界峯地，通过布沙路经樟树布才能去沙湾圩。这个时候，工作队发挥了作用，帮我们想办法，从沙塘布桥通往南岭村和沙湾圩（新中国成立前一直由河边通过沙塘布桥过去的）。过去，沙塘布桥是用水泥墩，两边由三块麻石（每块约50厘米高）架设起来通行的。工作队为了便于村民通行，就在进沙塘布村路口处，直接从田中间围造了一条小泥路，给我村群众行走。当时，我们称这条小路为“四清路”。运动结束后，我还专门到文锦渡海关找张佩兰，到广州长堤大马路找孙质彬、刘者等同志，感谢他们为我村建造了“四清路”。

开展这次运动时，全公社的干部集中到平湖部队驻地，即三号工地。那里和东莞交界，地方很大，而且部队有礼堂和大操场，有营房住宿。那时我们住宿很简单，地板铺上从村里带去的稻草，就在上面睡觉。每天早上6点就要起床，然后批斗检讨便开始了。围绕“清政治、清思想、清组织、清经济”的主题，先由个人说在这四个问题上的情况，然后从生产队到大队，所有干部逐一过关。

这次运动结束后，我村的生活水平和香港差距很小，当时香港做工一个月才40元港币左右，全大队有十多人从香港回乡居住，我村有谭伟桥、张甲秀、张裕春、林子端等人回来了。政府特别优待他们，允许每人带回来一辆凤凰牌单车、一只手表或一台缝纫机。运动刚结束时，本地群众生活水平逐步提高，村民也安心在家劳动，没有出现偷渡香港现象。但是好景不长，不久又开始搞运动了，大规模“破四旧，立四新”，连村里有些人家建的存放先人骨灰的房子也拆掉了。

宝安县的运动进入高潮是在1968年上半年。惠阳地区在和平县高发大队召开全地区农村支部书记动员大会，开展运动。当时沙西大队是时任大队书记沈文香同志去参加的。沈文香回来大队传达完会议精神，当天下午爬梯上自家屋顶瓦面更换用来透光的透明瓦，叫当时丹竹头村的贫协主席沈凤光帮忙扶住梯子，不想沈凤光一不小心没扶稳，沈文香从上面跌下来，脚摔断了，只好住院治疗。横岗某大队治保主任把“四清”运动中从香港回乡的100多人全部作为特务关起来，牵连了吉厦村郑某等人及我村的谭某、张某等人。当时我在大队工作，谭某、张某是我的好朋友和知己，刚结婚。我担心造反派去抓他们，连夜跑到他家里去安慰他们说，没有什么问题的，第二天一早，有人会来抓他们进牛栏，千万别怕。由于我先给他们通了风，他们家有了心理准备，虽然被抓进设在丹竹头门楼旁的一间房看押，但是没有遭到毒打批斗，关了四五个月就放回来了。

那时宝安县遭受批斗的人很多，我村损失最大，最可惜的是，张庭鉴和谭茂的所有医书都被毁坏了，张辅仁家全部有价值的书籍也流失了。

1974年，上面派工作队，主要进行路线教育。沙西大队工作队负责人是宝安县中行许行长，驻吉厦村在一个姓张人家搭食的是杨副行长，资料员姓巫，龙岗人。此外还抽调了一批教师和农村两个支部书记。坑梓小学黄校长，还有刚出来工作的岗头村陈启明，驻南岭村一队，共十几二十人。那时我任沙西大队的党支部副书记、生产大队长。运动的重点是要对准生活比较富裕的人，认定这些人为走资本主义道路的批斗对象。运动开始不久，有一天，工作队要我和本村一个姓林的人到张英娣家二楼，在黄校长和陈启明的床边谈话。黄校长住在二楼入门中间，陈启明住在侧门上楼处。张英娣家很宽，三间屋子连在一块，靠北那间有厨房。黄校长叫姓林的挖一个对象出来，陈启明跟我谈青年工作。那时我接近29岁，基层工作经验丰富，头脑也很灵活。姓林的和黄校长谈话中，把对象瞄准了村里一个林姓村民，因为他用苦力，从盐田把鱼用单车载回村卖给村民，赚了一些钱，生活较富裕，但毕竟他是靠劳动致富的，林姓村民和姓林的关系也好。说着说着，他把矛头对准我继父，说我继父捉草蜢卖，有很多钱。我继父从小家里穷，过房给人当儿子，为人老实勤奋，要他干什么就干什么，从不对人发脾气。那时，每个生产队为了解决群众生活来源，都派人外出搞副业。四队派人锛木、捉草蜢；三队林姓村民载鱼回来卖。我继父早出晚归到平湖、东莞交界处专门捉草蜢。每天出门捉，再送到文锦渡出口站，出口到香港，一只草蜢才几厘钱。为了方便，村里人每天把捉到的草蜢拿到我家，由我继父清点数目后，集中拿去文锦渡卖掉，赚点小钱。工作队相信姓林的，把我作为全沙西大队“走资派”，进行全面批斗。从1974年8月开始到1975年8月，我足足被他们批斗了一年。每次批斗我的大会，全大队所有群众3000多人参加，有时也组织小学生参加。工作队还把我上报到公社。工作队批斗了我一年，找不出什么问题，没有人能找出我走资本主义道路的事实来。每次批斗我，我都当场反击。因我思维敏捷，口才相当，结果工作队全部落空，运动快结束时，他们还放风说，张伟基被批斗一年，还不服气。我想，我一贯坚定走社会主义道路，怎么会服气？结果工作队没有办法，整不倒我，又撤不了我大队支部副书记和生产大队长的职务，他们就想把我调走，叫我去葵涌公社当工作队员，但我坚决不去。最后，他们没有办法，叫我做工作队长，带十几个人，到平湖新木大队搞运动。

对于搞运动，我是反对的。1976年4月叫我去当队长，我一直拖到6月才去报到。政府给每个工作队员每月45斤粮票和15块钱伙食费，交给“三同”（即同食同住同劳动，吃住在农民家中）户。我去到上木古生产队，当时队员住的一间房有四张床，他们已经住了三张，剩下一张给我。新木大队有好几个人和我挺要好。他们跟我说：“你睡的地方，原来的屋主在那里上吊死的。”我听了后，立即跟他们村商量，让他们另安排了一间小仓库给我住。

那里当时很封闭，因为是老区，群众基础较好。我的“三同”户，大家叫他“鼠仔”，有三个小孩。那时虽然有45斤粮票，但只能吃午饭和晚饭，没有早餐吃的。吃饭时，当我吃完第二碗，打开锅盖一看，剩下的饭已不多，我就不敢吃了。“三同”户每次看见我这样，就问我：“张同志，你吃饱了吗？”我说：“已经吃饱了。”其实我正年轻力壮，又不像现在生活好、有油水，那时没有四碗饭是填不饱肚子的。我看到他家那几个孩子，怎么还好意思跟他们争食呢？所以每天只好半饱半饿度日。

那时我和下面的村干部、群众关系非常好，特别是新围仔生产队长黄锡良，他很体贴我们工作队员。新围仔生产队土地肥沃，粮食产量高，村民基本能吃饱饭。黄锡良私下跟我说，他生产队的小鱼塘有很多非洲鲫鱼，等到晚上群众都睡觉了，叫我派几个人到鱼塘去抓鱼，煮鱼汤吃。于是我就每晚派三个队员去抓鱼，晚上在我住的地方开小灶。

运动还有四个月才结束，那时廖汉标同志到布吉公社（今布吉、平湖）任党委书记，他了解了沙西大队的情况后，觉得需要一个能力较强的人。那时我还驻在上木古工作队，廖书记连夜叫我从上木古骑单车到他办公室，找我谈话，叫我马上回大队工作，继续担任支部副书记和生产大队长（因为沙西大队书记张新发没有什么文化，人肯干，老实，但办法不多）。第二天，我急忙召集工作队全体队员开会，交接好后面的事情，就回到沙西大队工作了。

回到大队后，我积极工作，公社书记廖汉标同志经常和我来往。廖汉标书记是观澜人，家里是富农，但他很早就追随共产党，新中国成立前就离家参加革命。他挺有能力，到布吉公社来工作前就任职县农办主任。他在干部群众中威望很高，是一位优秀的领导干部。2012年，他还不到80岁就因病离世。为了缅怀他，我专门了写一篇《回忆“标叔”》，在《深圳特区报》刊登，表达对他的怀念之情。

成家立室

1969年的春天，我和静妹经过多年的恋爱，终于结成夫妻了。那年家里很困难，当时结婚对农村穷人家来说是一件很难的事。好在我在大队当干部，每年能有350元收入。按农村结婚风俗，男方要给女方家送礼40元，给未婚妻送一把雨伞（当时买一把雨伞也很困难），送一个装衣服用的箱子，做两套以上的衣服并送一些布匹，然后才摆酒。我记得我结婚当天晚上，大队要开大会连夜庆祝毛主席发表最新指示，那天晚上我只能一直待在大队，早上才回来。我觉得我一生对我的妻子和孩子亏欠很多。过去在大队当干部，经常值夜班，平时又经常外出开会、学习，三几天是常事，有时甚至一个星期或十几天。想到这么多年，我跟妻子、孩子都是聚少离多，真正觉得对不起他们，实在是亏欠他们太多了。

1969年12月至1976年，我的大女儿和三个儿子相继出生。我女儿出生时，因为难产，拖了近一天一夜才生出来。她出生后，我们夫妇俩很辛苦，因为女儿白天睡觉，晚上哭闹，到了晚上，我们两人轮流抱着她，她才不哭。白天工作辛苦，晚上又要照顾好女儿，作为父母付出的辛劳可想而知。满月后我给女儿起了个名字，但我母亲有意见，认为意头不好，最后我又重新给她起了个名字，我母亲才没有意见。现在她又改回我最初给她起的名字了。那时工作很忙，有时小孩生病，也难以抽身带去医院看。

我的几个孩子长大后热心公益事业，非常崇尚乐于助人的精神，经常帮助村里有需求的群众，特别是对一些困难群众给予照顾。我的大儿子还将三个从小失去父爱、母爱的孩子抚养长大。现在这三个孩子已经成家立业，建立了自己的家庭。

改革开放前，家里很艰苦，连油都没有，买猪肉又要肉票。好在我在大队当干部，公社领导很爱护我，特别是当时的公社文书陈锦堂（平湖鹅公岭村人），他每个月都给我开能顶替肉票用的证明，一次5块钱，每天能买上一点猪肉给大儿补身体，此外家里人根本没有猪肉吃。这些困难的日子，逼得二弟多次偷渡去香港（因为全村人家家都有人在香港，唯独我家没有）。二弟逃港的运气也不好，每次都被边防部队抓回来送到深圳红岭收容站。收容期间，由于人多无法入睡，人挨人挤在一起，大小便也在屋子里面，二弟进去了两个月，有一次放出来连路也走不动。三弟看到这种情况（当时他年纪很小，才十几岁），也跟着村里人去逃港，但是也不成功，同样被抓进收容所。当时我只好向公社和我要好的罗广兴求救，第二天才把三弟放出来。由于紧张，三弟从收容所赤脚走出来时，被打烂的玻璃割伤了脚，又送医院治疗。看到家里的惨况，妹妹也一个人晚上去偷渡香港，到了界河边，被边防军的狼狗一路追到深圳镇，她拼命跑到甘坑村我的大姨香仔哥在深圳的家，脚都跌伤了，连走路都很困难。第二天我直接去深圳接她回来。看到弟妹们为了改变家庭生活受罪很大，我只能又恳求罗广兴（这时他在布吉派出所工作），通过正规手续，让妹妹以给香港静大姑做女儿的名义，移民去香港。

那个时期，会议特别多。我家里母亲生病，小孩又多。为了治好我母亲的病，我连续三个月不管刮风下雨，用单车载着她到上李朗一个叫凌石彬的人家里看病。那时去上李朗，连小路都没有，要从下李朗绕道去。中间有一段较窄的田埂，我母亲坐在单车上，我用手扶住单车，推着走。到了凌医生家里，看完病，送她回来后，因为布吉当时中药比较匮乏，我还要到深圳去拣取中药。有一次，近傍晚6点钟，我和母亲从设在布吉老圩庙堂的布吉医院回来，上到木棉湾村的公路半坡，我母亲说不行了，人几乎呼吸不了。

我见惯了，心里也不怕，细心安慰她："阿妈，不要怕，很快就会好的。"

说起那个年头，上有母亲患病，下有小孩患病，会议又多，工作又繁重，我几乎没怎么休息。特别是到县里、龙华、龙岗、坪山、坪地或外县等地开会、学习，一去就一个星期。我因为放不下心，如在县内，就经常晚上赶回家来，早上赶回去开会、学习，从不迟到。这些已是家常便饭了。

劳动见闻

1964年，村里分为四个生产队，四队劳动力多，一队土地多劳动力少。南岭村的特点是队与队之间计较多，比如当时沙吓球场分给一队和三队做晒谷场，一队的保管员林金华是个老实人，任人欺负，三队的保管员非常霸道，晒谷时经常霸占一队的场地，使一队的稻谷没有地方晒，有时甚至要霉坏。我知道后就由我早上当晒谷员，我在那里晒谷，三队的保管员就不敢欺负林金华。所以南岭村从20世纪60年代到70年代，分了又合，合了又分，即由四个队拼为一个队，又由一个队分为四个队。那时一队的队长、大队干部是袁英祥，二队是林子云，三队是李塘，四队是张覃祥，后来是李宏庆，再后来是袁跃辉。张覃祥因病去世，张煌带因家里穷，入赘张桂清家，张煌带后期也做过队长。

因为南岭村穷，村里干部又没什么文化，所以邻村的干部都看不起南岭村。

1966年，为了让村民有电用，上级政府建议自费架设高压电，沙西大队各生产队都要出资。那时，丹竹头、吉厦、沙塘布和南岭村四队因为有水田被东深供水工程占用了，补偿了一笔资金。南岭村一至三队没有补偿资金，群众基本生活都难以解决，哪来资金办电？当时召开全大队党员及生产队长以上干部会议，重点解决办电问题。由于南岭村一至三队实在困难，但又想解决群众用电问题，会议期间，别村有个干部站起来，用手指着南岭村缺钱的生产队干部说："有钱学人着白褂（白色的长衫，在当时是很讲究的）哩！"那三个生产队没有办法，只得向银行贷款解决。最后，在南岭岗（现在李文京家前面一点）安装了一台30千伏安的变压器。安装好后，村里几个青年就赶紧上山砍来竹子晒干，当钢筋用，制作水泥电线杆，直通到村里，这样才解决群众的照明用电。这些竹子制作的电线杆一直用到改革开放，村里有钱后才更换。

人民公社化时期，布吉公社实行组织军事化，沙西大队编为红七营，南岭村被定为南雄连。那个时期，土地实行连片管理。我村村民原有稻田在三联村、大芬村、木棉湾村、沙塘布村及黎围、沙湾段一带。那里土地肥沃，种植水稻产量高。因为土地连片管理，村里这些好稻田都被换成如丁心窝、上中坑、耕田窝这些阳光水源不足、产量很低的地方。那时村干部文化水平低，保管、会计、出纳等全部由其他村人负责。三年困难时期，分村改为生产队。我村因为建设深圳水库被淹去286亩水田，本应减免缴交公余粮任务共35 000斤，但却没有减免，我村公余粮任务的减免数被分给了其他几个村，使我村一直无端承受35 000斤公余粮任务，这对南岭全村500多人来说是个大数目。后来我在大队当文书，核实时发现了这个问题，并向大队全体领导反映。但毕竟我只是个文书，加上村里在大队当干部的同志又没什么文化，南岭村村民一直承受着这个沉重的负担。南岭村过去穷，吃不饱，其中最大因素就是长期多承担了35 000斤公余粮任务。

20世纪70年代，宝安县刚好建设氮肥厂，需要用很多松树来建厂房，大的松树每棵可以卖40元以上。氮肥厂的刘品常和我关系挺好，经常来我村购买松树，对我村解决村民生活来源问题起了很大作用。当时公社有个干部的妹妹跟我们邻村的一个青年结婚，该干部在处理我村和邻村争山林的过程中没有主持公道，把彭坑龙那片本属于南岭村的山林划给了邻村，导致南岭村的经济收入损失很大。像这些对南岭村不公平的事，过去常有发生，这里也不一一列举了。改革开放后，有文化、懂管理的干部当家，才能改变一个地方的面貌。

社教运动（即“四清”）时期，布吉公社张书记思想极“左”。他调到布吉公社（布吉、平湖）工作，不讲实际，在全公社发动群众，各生产大队搞红萍、科六、地塘秧。他认为田里的红萍（浮在水面上的一种小植物，会浮动）可用作肥料。科六是当时种的杂交稻，产量高，很难吃。地塘秧是叫群众把田泥挑到水泥禾坪上，分成一行一行，用尼龙布盖上保温促生长。他还发动群众在甘坑村入口近岗头村伯公凹炸崩岗。山泥因经常下雨被冲刷进河里，本应该植树来解决，他却不懂保护自然环境，而是炸掉一片片山岗，全部山头都露出黄泥土，成泥沙地，搞到劳民伤财。我被批斗的时候，他在公社大会上编了一句歌词来嘲讽我：“阿妹快快大，大来打蜢卖。”

布吉公社这位张书记，在全国学大寨的年头，盲目去干。他在治理水土流失方面，不是靠科学，而是靠炸药，把山体炸了又炸。他在坂田杨尾村驻点，派出14名青年到鸡公头山去搞大寨田。他多次在公社三级会议上，表扬这14名青年，并编写了一篇文章，题目叫“十四把锄头开出一个新天地”，提出“要让鸡公头啼叫”，即鸡公头山会唱歌。鸡公头山全部是石头，根本不适宜开田造地。

县里在坪山召开一个学大寨的动员大会，当时叶松发同志在坪山公社任书记，我去参加了，这个会议开了一个星期。为了造大寨田，当时决定，横岗、龙岗、坪山（即横龙坪）要“一掌平”。这些非常不符合自然条件、盲目冒进的规划做法，如果不是后来因为打倒“四人帮”而停止了，后果将不堪设想。一天晚上，县里在深圳工人文化宫（现在迎宾馆位置）的灯光球场召开了一次1万多人参加的动员大会，县领导提出，学大寨一年不行，两年不行，三年总可以吧！而我们基层干部当时也只有看上面意思的份儿。

那时，群众劳动时间很长，上面提出“劳力归田、人心归农”，大家都要集中种田，连机关干部职工、中小学生都要天天去造大寨田。粮食加工厂不允许村里办，要大队统一办。我村群众挑谷去吉厦大队部加工厂碾米，路很难走，又费时间。有几次挑谷去碾米的群众在路上摔了跤，谷子也撒掉了。

从1970年到1976年，我多次提出要分大队，即南岭村要单独成立一个大队。那时大队多数由公社派人挂支部书记。本来大队办林场，应该选址在我村求水山这些地方，土质适合造林、种果树，但是他们选择了与白坭坑交界处一个叫鬼湖的地方办林场。而那里是连树都长不了的，只有到沿平湖公路边，才有几棵油茶树，挺小的。所以，我坚决反对。

为了赶时间，那时上面提出“两个六点钟，中午不休息，晚上加一班”（意思是早上6时开工，晚上6时放工，中午不能休息，晚上还加班3个小时）。这种不切实际的做法，我相当反对！所以，我坚决要分大队，可惜村里个别生产队长对我不支持。他们不是考虑分大队后各方面会更好，而是怕我回村里任支部书记。他们也不想想，我那时已经是管四个村的大队支部副书记、生产大队长，地位总比一个村支书高吧！

第四章 壮岁激扬

改革春风

1978年年中，广东省开始给予宝安一些开放政策。1978年下半年，香港同胞开始向各个大队捐赠汽车、电视机等用品。沙西大队以张强为主，捐献了两辆汽车。我们村由林忠平的爷爷带回了一部50英寸的黑白电视机，当时放在糖寮那里。每天从早到晚，从晚上到天亮，大家都在那里看电视。那时村里可以进行小额贸易，允许通过文锦渡把稻草等运到香港，换取化肥等一些东西回来。

1978年12月，党的十一届三中全会召开，吹响了改革开放的号角，唤醒了沉睡的大地。

改革开放初期，很多香港人过来深圳。那时，我在深圳戏院门口看见这些香港人留着长头发，穿着喇叭裤，脚穿尖头皮鞋，总是看不惯，心里挺不舒服。他们从罗湖火车站到深圳镇，深圳墟中心是必经之地。因为已经分田到户，我村村民用两三天就可以忙完责任田插秧或收割，农闲时间较多。有自行车的村民便跑到罗湖火车站去接载香港的客人。当时坐公交车很难，罗湖火车站出口有一级一级台阶，村民发现有香港客从台阶上下来，就上前去拉客，讲价钱。从罗湖火车站到深圳墟一般是5块钱，远一点的就讲价，按路程远近，每路段几块钱计算，远的甚至超过100元。这个收入，在当时来说，算是很高的了。

那时，新安酒家、深圳戏院、深圳水库凉亭楼阁、深圳人民医院（初建时准备作新县委、县政府办公用）、深圳海关大楼、华侨旅行社等是深圳较为时尚且有气派的高档建筑，大多是李富林任县委书记时建的。对这几个地方，我们年轻时特别向往，我组织村里的青年去参观了几次。

劝阻偷渡

1979年5月6日，我和大队的张新发书记及公社公安员张桂生同志第一次坐着香港同胞送回来的汽车去沙头角，有个村民给了我9元港币。下午4时许回来的时候，一路上看见三三两两的人不断往深圳走去。回到沙塘布桥时，停车发现在田里插秧的沙塘布村几个妇女也洗脚上田。后来，我们了解发现全大队的人都“逃港”了。我们三人马上分工，回到各自村子做群众工作。谁知，我回到村里，全村除了一些上了年纪的人及小孩，近300个村民都走了。当天晚上，村里一片寂静，我带着李宏庆、张必清几个人，在沙吓路口（那时叫沙吓级）守着，等到凌晨1时村里人回来了，才放心。遗憾的是，村里张佛保的女儿在黄贝岭（当时叫船陂）的河里淹死了。

第二天一早，我们生产队种的草菇因为没人去卖，只好由我亲自拿到布吉出口站卖。当时一斤草菇卖几块钱，每天队里能收到十多块钱。

卖完草菇回家，一进门，我看到女儿带着几个弟弟抱在一起，个个表情很低落、想哭的样子。我问他们有没有吃饭。当时已经是上午10时了，他们连饭都还没吃。我问了情况，原来村里所有的大人都走了。其实，我从布吉回到村口时已有预感：近600人的村子平常是很热闹的，那天忽然变得很冷清。我估计全村人又去偷渡香港了。我没有吃饭，即刻骑上自行车，跑到大队，打电话向公社书记杨石忠汇报。我叫在大队开车的郑高生开来一辆大卡车，径直朝着深圳水库方向驶去。同时，杨石忠书记也带着几个公社干部，坐着当时香港同胞陈英送的一辆小车赶过去，双方在深圳水库会合。

在路上，我已经看到有很多人陆陆续续往深圳方向走。当我们去到现在水库新村所在地，那时该处前面有一大片稻田，一眼望去，有好几万人在那里。我和杨书记几个人，在那找了好几个小时，都没有发现我村的村民。直到下午2时许，我们来到莲塘驻军部队那里，才发现有近百名村里的群众坐在部队营房的地上。原来他们是从大望村经大坑塘、仙湖，直经佛里坳、莲塘村偷渡的，当时逃过去有100多人。为什么这些人能逃过去呢？我问清楚情况：因5月6日晚上部队执勤太辛苦，中午休息，加上此时天上下了一场雨，村民就趁机往边界跑。部队人手少，刚好对面香港新界那边有个养鸭的人，把边界的铁丝网破开了一个口，村民就顺利过去了大部分。他们过到莲塘对面的山头，把守边界的港英当局就派出直升机，直接抓了30多个村民，第二天就被押送回来。

话说回来，当看见坐在那里的村民，我心里非常沉痛。我没有批评他们，而是低声跟他们说："现在改革开放了，大家跟我回村里去，以后一定会有好日子过的。"

为什么会有这次惠东宝（惠州、东莞、宝安）三县的人大规模偷渡香港的事件？据说5月6日，省民政厅的人到深圳收容所检查情况，发现里面关了很多偷渡的人，睡觉都没法睡，人满为患。因此，随即下令，收容所放人。当时，有一个沙塘布村人何某，从小失去父母，属孤儿，是在西坑他姑母那里长大的，他姑母家是富农。他靠政府给的助学金上完中学，留在三水工作，后来，又调回宝安县计委工作。他掌握了沙塘布村的所有土地亩数，告到上面说沙塘布村干部瞒田瞒地少交了国家公余粮，闹得全村干部和群众对他意见很大。他思想意识差，非常向往香港的生活，便偷渡去了香港，到港后找不到好工作，只好给人在茶楼洗碗搞清洁。他在县里工作过惯了清闲生活，去到香港那边又苦又累，他实在挨不下去，就偷偷从边界偷渡回来，被边防军发现抓住，发送到县收容所，刚好被关进去不久，遇到这次收容所放人。他被放回来后，就到处散播谣言说：“现在收容所不再接偷渡的人了，连解放军驻边防部队也不再抓人了。”由于一传十，十传百，散播得非常快，所以造成了7万多人偷渡到香港的事件。此人因此被开除了队籍。

身兼两职

1979年7月，廖汉标书记跟我说："伟基仔，现在改革开放了，你不用再耕田了，你出去工作吧。"那时我一方面要服从组织安排，一方面又非常牵挂生产队的工作，就趁这个机会，抓紧把我们队的田，一家一户分下去，山林也一家一户分下去。我村是全县最早分田到户的。本来我是7月要去深圳社队企业局（即老县委那里）工作的，结果拖到10月才出去。

去深圳社队企业局工作时，我辞去了沙西大队副书记，但仍兼任南岭村第一生产队长，队里群众很信任我。分田到户后，当年水稻产量就不一样。我家收的稻谷除了交给国家作公粮外，还多卖给国家7000多斤，家里的棚上堆满稻谷，粮食丰收了。当时中央提出以经济建设为中心，倡导共产党员带头致富。政府给了农村很多优惠政策，如办养猪场、养鸡场、挖鱼塘养鱼、种水果等。每用一亩水田可减去公余粮800斤，而且有困难的可以无息贷款。1980年，我积极响应"共产党员要带头致富"的号召，和张煌友两家人一起带头办养猪场。我和张煌友很早起床，5时许就起来分好工，我负责清理猪舍卫生，张煌友负责去吉厦村我一个从香港回来办腐竹厂的同学那里运豆腐渣，我这个同学很照顾我，把制作腐竹剩余的豆腐渣无偿给我喂猪。张煌友就负责去把豆腐渣运回来。养猪场办得很成功，三个半月，生猪就可以出栏。我一共养了三批猪，每批两卡车，运到文锦渡去出口。

社队企业局里的领导都是我过去的公社书记，郑传恩、周官英，还有万观其副局长等。万观其也是一位老革命，资格比较老的。局里给我迁入特区户口6个人的指标（我、我老婆和4个孩子），由于我牵挂着村里的群众，就把指标让给了别人，户口仍留在村里，人在局里工作。局里所有领导对我挺信任，放手让我开展工作。当时深圳特区进行大建设，需要砖等各方面的材料比较多，局里安排我在供销科。供销科科长叫叶文清，和平人。经局里讨论后，安排我带30万元回来，办砖厂，烧红砖。当时我带着30万元，开始找不到相关的技术人员，最后找到了饶平县基建局。我带着几个人，叫当时在小汽车公司当司机的郑高生开车，一起去汕头、饶平考察。考察后决定，跟他们签订烧制红砖的承包合同，我方出资金，他们负责技术和劳力，在横排浪（土名）建砖厂。当时饶平县从饶平、饶阳两个公社调了200多个年轻力壮的人过来。

砖厂办的时间不是很长，当时烧出的砖的质量基本过关。

1980年农历大年三十当天，碰巧有一村民在深圳回家路上被车撞伤了。我把他送到医院，料理妥当后，回到家里已是晚上9时了。当我坐下来，刚端起饭碗准备吃饭，这时家门进来几个人。他们前几年偷渡去香港，曾被收容，并受过反外逃批判。其中一个态度非常傲慢，对着我说："张伟基，我们回乡过年了，但是，村里的厕所很脏，臭气熏人，我们无法忍受！这样吧，你们没有钱，建个厕所也不容易，即使有钱也无法立即建个厕所供我们这几天用。我们的意思是回乡的港客每人出10元港币，你请人每天把厕所搞干净给我们用。"

"好，现在我就去办。"我强忍着这刺人的话语说，"不用你们出钱。"我放下碗筷。立即出门找了袁福生等几个村民。说清楚理由，并叫他们一定要干好，争回一口气！当天晚上，几个南岭村民执行了一项特殊的任务——洗厕所。

第二天是大年初一，上午10时左右，同往年一样，村民们穿着新衣服，三五成群地来到沙吓禾坪（当时逢年过节群众聚集的地方）。我和李宏庆、张必清等村干部很早就来了，我们围坐在禾坪边的麻石凳上聊天。这时，几个从香港回乡过年的年轻仔很神气地走过来。他们的打扮很讲究：笔挺挺的西装、笔直直的领带、擦得发亮的皮鞋、金手表、金戒指。他们见我们抽的是丰收烟，便拿出“555”、万宝路等洋烟，用手指把烟盒弹得“哒哒”响，然后拿出烟来，再在烟盒上嗑两下，掏出气体打火机，神气十足地点了烟，吐出一个大烟圈，大肆炫耀。我就想：“一定要争口气，让他们刮目相看，为南岭人争口气，为社会主义争口气，为共产党争口气！”

紧抓机遇

中央提出“外引内联”，“无工不富、无商不活、无农不稳”。

1980年4月左右，和平无线电厂尤镜泉带了几个人到深圳来。首先他找到他的老乡叶文清，即我的供销科科长，想来这里投资。因为和平无线电厂不是三线厂，进不了特区，所以叶文清就介绍他们到我们村来。那时我在村里还兼着工作，大队有一辆东风牌的汽车，当时是比较先进的，由张秋如、张煌友几个人驾驶。我就用这辆东风牌汽车，接他们来村里看。他们住在深圳无线电厂（罗思红任厂长，和我关系很好），即螺岭、老汽车站对面那里。有一次，我接他们过来，跟他们谈。最后他们看中了旱龙、马鞍山（土名，现在南和公司位置）这个地方。时任布吉公社书记的杨石忠同志也非常支持。因此有了全县第一家内联企业——南和公司。为什么叫“南和公司”呢？在签订办企业合同的时候，我提出，公司的名字就在合作双方的名称中各取一个字，“南”字代表南岭村，“和”字代表和平县，“南和公司”的名字就是这样产生的。

当时和平人非常穷，他们来的时候，带了十几二十根杉树木头和5万元的开办费。因为他们不具备进特区的条件，所以办执照很困难。当时办执照要通过深圳特区财办。财办在哪里呢？是在人民桥过去，下面一片稻田那里，用砖瓦建成的房子来办公的。我跟杨石忠书记两个人，从年头到七八月份，不知跑了多少次。一天晚上，我和杨书记两个人到桂木园财办主任家里去找他，两个人在田埂上走，下着雨，周围一片萤火虫，青蛙咯咯叫。财办主任没在家。然后，白天我就去后来的电视大学，即老县委那里，找办公室主任，叫林剑峰，我说明来意，他也不肯办。于是，我就死缠烂打，天天去找他，说到他无言以对，最后只好批了，同意办。1984年，我在宝安县任人大常委会委员的时候，他在人大当办公室主任，跟我的关系相当好。后来分区了，他担任宝安区第三任人大常委会主任，现在已经去世了。当时拿到这个批条，我即刻与杨石忠书记，到深圳南塘墟那里的市工商局。当时市工商局的办公环境很简陋，是在南塘墟的公厕上面加盖了一层楼办公。我就在那个小小的办公地点办好了南和电子厂的营业执照。办好营业执照，南和公司就正式办起来了。

因为和平县离这里比较远，职工家属不方便，在这期间，有几个人动摇了，粮食吃完了，钱也用完了。为了把这个企业搞好，我们生产队就拿出5000斤米给南和公司，支持他们，当时南和有钟月恩、尤镜泉、尤东柏、黄志雄、叶焕等六七个人。执照办妥之后，我每天工作到凌晨两三点钟才能回家。我要兼顾几方面的工作。在我的生产队里面，我有一定的实权，群众一拍板，我就马上同意了。我带着袁英祥、林其昌、林银英等队里干部和他们商议合同。当时我离开大队之后，袁英祥他们几个负责生产队的工作，乘坐着张秋如驾驶的解放牌汽车去签合同。签订的合同里面规定，南和所赚得利润，10%是给我们生产队的。南和办成之后，我请工程队建第一间厂房。当时电子厂生长线要有86米长的厂房车间，才能具备做电子的场地条件。双方商量后，我跟他们承包这个厂房建设，1平方米123元。为了建好这个厂房我花了很多时间，很快就把这栋厂房建起来了。他们刚来的时候，是没有厂房的，只是用带来的木头搭建木头房子，用于办公、搞业务。

南岭村过去有一条老路，是出布沙路的唯一道路。当时，其他生产队的人去耕种经常路过，看到这些木头房子，特别是二队、三队的男社员每次路过时就嘲笑我们生产队：大家看一队又在建牛栏了。他们想不到很快我就把南和厂房搞起来了。南和能搞起来，除了有政策，有天时地利人和，很主要的因素，是省电子局的朱克平的支持。朱克平是省电子局计划处的处长。朱处长特别关爱南和，他把改革开放初期紧缺的电视机和838计算机的指标分给南和。南和就是利用这些指标赚了钱，发展起来的。

关于南和公司，我不仅每天拼命干，为了稳定大家的心，照顾好他们的家属，还向县公安局申请，将南和公司所有老职工、骨干的家属户口迁到南岭村，并给他们家属分了责任田，使他们家庭能够团聚。接下来几年，南岭村又为南和公司100来户的职工干部每家分了100平方米以上的土地，给他们建房居住。由于得到南岭村的全力支持，南和公司在1990年前后是非常有名气的。但是，后来他们忘了本，除了他们现在所占的150亩地，按国家政策在1985年给他们低价征用之外，我村与南和公司、市建设财务公司签订了在百门前（原来叫白门前）的195亩（其中水田25亩，山地170亩）土地合作，合同注明对方承诺留部分土地无偿给南岭村建设厂房，结果南和公司与市建设财务公司、布吉镇经济发展公司，私自把土地卖掉，村里一点也不清楚。为此，村里连续十多年发函给南和公司要求补偿，但至今仍然石沉大海。

到了1980年年尾，北京兴盛公司徐无念同志负责的公司也来了深圳，在各处考察找地方时，看中我村的枕头岭，即南和后面那个山头，他们要办一个电子厂。负责管理兴盛公司的刘副局长亲自来跟我们签合同。刘副局长为人和善，很关心基层干部，也特别在合同里照顾南岭村的利益。接着征地，征40亩地，每亩1万元，共40万元，那时每亩地1万元算很高的了。后来为什么会有45万元呢？因为当时没有自来水，要靠挖井抽水，但枕头岭周围都是山，根本无法挖井。后来看见唯有离办厂处较远的樟树布水塘边可以挖井，我就去找樟树布村的邓汉平，他任沙湾大队团支部书记时和我很熟。双方商谈，我们跟樟树布交换土地（原来两个村之间都有插花地），并付了一些钱给樟树布。所以征地款从40万变成了45万元。这45万元，我一直不敢用。当时一队发展比较好，办起两间厂后，接着广东连县[①]无线电厂的黄立胜厂长又看中了我村南和电子厂西边的一块地，2万多平方米，建起了华南电子厂。梅县无线电厂也看中了南岭村峯禾地（土名）这块地，建起了梅丰电子厂。

到了1982年底，我就在现在老医院的位置，建了

①即广东省连州市，1994年撤县建市（县级市），由清远市代管。——编者

一个电子厂，但遇到一点波折。因为建厂的土地大多数是我们一队的，小部分是二队的。二队的群众有意见，林紫云那些人跟我争吵起来。我说："不要吵，这栋厂房建好后，是归我们整个村的。"最后他们被我说服了，才没意见。后来我当了村长，就马上用这栋厂房做了电子厂。当时我们村没有人才，就请了苏谭波，他是从南和搞电子出来的，也是和平人。我跟尤镜泉商量，叫他先把苏谭波借给我用。然后我招聘了一班人才，李桂清、莫建聪的父亲等等，都是我招聘来的。李桂清是在三水中学教书的林东来介绍来的。当时我很注重招聘外面的人才。自己村里没人才肯定是不行的。

1982年，我已经意识到提高我们村青年文化知识水平的重要性。因为过去连小学生都去偷渡，很多人连初中都没有读完，大多数只是读完小学就算了。我专门请了老师，包括李品光老师，用高中的课本，在沙吓的灯光球场给青年们上课。这个灯光球场，是我在南和公司搞那栋车间，赚了点钱，把它建好的。晚上上课用的书桌，也是我拿钱去做的。金华哥家在沙吓禾坪后面第一间房屋，当时没住人，白天书桌就放在那里，晚上就搬出来，60多名青年利用晚上培训上课。同年，我请了幼儿园老师，把幼儿园也办起来了。

村里群众看到我能干事，看到内联企业发展很快，一队的经济也起了很大变化，被深深打动，都认为一队的人以后钱会比较多，会越来越好。村里大多数群众都非常希望我回来当全村的领导。

毅然回村

改革开放前南岭村很穷，村民一直过着半饥半饱的生活，生活大多数靠信用社贷款，全村几乎家家户户在年终分红时都是超支的，只有一两户人家劳力较足，分红有点钱，其他群众都是负债。村里的粮食每年过春节时都已所剩无几，村民吃不上饱饭，难以度日。当时深圳的皇岗、沙头、宝安沙井一些村生活较好，而且有番薯，所以每年春节后，我村派上了年纪的财经队长张添福到沙头、皇岗等地订购番薯，每年被人家取笑说："这个老头又来了（意思是这个人又来买番薯了）。"我去社队企业局的时候已经辞去大队副书记的职务，每当想起过去条件差，没能让村民吃上饱饭、过上好日子，而现在改革开放政策那么好，我就于心不忍。所以既然群众强烈要求我回村当领导，我就义无反顾，决心回村，但必须得到大队同意。

当时张新发同志任沙西大队书记，新发同志和我相处了十多年，在我调去社队企业局工作前，他任大队支部书记，我任副书记兼生产大队长，两人共事很融洽。我们走遍了大队的四个村（丹竹头村、吉厦村、沙塘布村、南岭村），对四个村的每家每户都非常熟悉，对四个村的土地土名都非常清楚。特别是春夏两季，我们俩每个星期都必须把四个村所有土地种植的水稻检查三次以上。我们两个经常在大队值班过夜，睡在办公台上。新发同志没有什么文化，讲话稿全部由我帮他写，而且要写得很工整。所以我们两个感情很深，是最佳拍档。新发同志身高超过一米八，比我高很多，我平常叫他“高佬”。至今，有两件事深深印在我的脑海里。一件事是，20世纪70年代，我们两人在大队工作时经常抽烟，三天抽两包丰收牌香烟。当时丰收牌香烟属中高档，每包2角8分钱。为了把烟戒掉，我们俩打赌，如果发现谁又带头抽烟，当天就罚他骑自行车载另外那个人上下班。这样相互约束，结果真的把烟戒了。但是，过了几年，烟又抽回去了。另一件事是，我这个人跟新发同志的性格不同。我喜欢打抱不平，敢于帮人；新发同志心地善良，对人和气，但有点怕事。有一次我们两人去到深圳伦记饭店对面的一家商店里买云片糕及一些日用品。当时约下午1时，刚好店员在安装摆放货品的玻璃货柜，把玻璃板放在旁边。这时一个年纪很小的深圳中学的女学生急着要买东西赶去学校上课，一不小心把摆在旁边的玻璃板碰烂了。店员就拦住这个小女孩，不让她走，叫她赔钱。我发现后十分气愤，冲上前去跟店员理论。那时聚集了几十个人看我们争吵。我说："你开门卖货，但又在里面搞安装，东西到处随便放，碰烂了关这个小女孩什么事？"新发同志在旁边帮我向在场围观的人解释事情的经过。我们两个配合得很好，在双方争吵非常激烈的情况下，小女孩就趁这个机会溜走了。

关于群众希望我回村当领导的事，我跟新发同志说："高佬，南岭的群众很想我回去村里，把全村搞好，这样吧，你组织我们南岭村开一个群众大会，成立一个村，选出一个人当村长，直属沙西大队领导，我们不是分大队，也不是分家。"

张新发同志听我说了之后，就主持我们全村群众开了一个大会。当时这个大会，我要求进行无记名投票，共选举村领导三人。我们把白纸裁成一块一块，发给大家每人一块。开会地点在沙吓禾坪，当时沙吓禾坪很脏，东面有一排水厕，下面是水粪湖，很臭。前面有一棵小小的细叶榕，有一个垃圾堆。我们就在榕树头小舞台的前面，摆了一张桌子，由高佬（张新发同志）主持开会。每一个到会群众发一张白纸，想选谁当村长，就在白纸上写上谁的姓名。我的票数是最高的。就这样“一张白纸选村官”，选我当了村长，李宏庆、张必清当副村长，和我配合很好。

我当村长的当天晚上，就召开了一个大会，当时群众的热情相当高。为了把村里搞得更好，在全体村民中树立榜样，我对党员干部提出要树立“三心”，即“公心、责任心、事业心”。什么叫公心？就是当干部要一心为公。什么叫责任心？就是所有党员干部做工作要有责任感，要敢于担当、负责，尽心尽力。什么叫事业心？要一心一意谋划好村里的长远发展，热爱自己的工作，无私无畏，决心让规划好的发展蓝图得以实现。首先，我安排我的老婆带头干最难最苦的活——清洁工和烧锅炉。

会上，我跟大家说：“我当村长，一定让大家吃饱饭、有房住、有钱花、健康长寿！南岭村第一不能搞两极分化，第二不能搞平均主义，要走共同富裕的道路。”我当时就已经有了这个思想观念。

引进外商

当时引进外资是相当困难的。1982年底，为了引进外资，我每天带着张秋如等几个人，到深圳新安酒家去招商引资。大家每天轮流吃盒仔饭，等外商。每见到一个老板，就求他到村里看。好不容易利用张姓祠堂、茂璋学校、粮食加工厂，引进了松果丝花厂。老板姓陈，我称他为“家宝陈”，张守芬担任厂长。后来在老人窝那里，我建了厂房，建了一排宿舍，给他们用。陈老板和我年纪差不多，我们相处很好。

到了1983年，我想，村里环境太差不行，连我们自己都看不过眼，怎么会有人来投资？所以我就发动群众，从南和借了一辆南京牌汽车，从工程队借了五六十辆手推车，组织全村群众，一直干到晚上10点半，大家都没有休息，把所有垃圾清理得干干净净。当时没有水泥路，为了保持长期清洁干净，我马上组建清洁队，每人每月50元工资，大家报名抽签来做，因为当时群众挑泥填土建厂房也没多少钱，一担泥只有七八分钱。最后选了三个村民，一个是林坚，一个是林煌胜，一个是张桂发。

20世纪80年代初，由村干部家属组成的清洁队

1983年，正在建设中的南岭村

与村民一起看工业区建设

接着，我就利用赚到的一些资金，把现在商业街的厂房建起来了。因为电子厂做不下去，就引进了一家风筒（电吹风）厂，收入挺可观。后来，村里在三角用（即现在农民公寓那里）又连续建了三栋厂房，最近那栋靠近门楼河塘边上。这几栋厂房用来做皮革厂、胶（塑料）花厂和电子厂。接下来村里在现在食街的位置建起了厂房，原来在布吉的华都厂，看到南岭村这么好，就搬过来了。这个厂的效益非常好，一年可以收入1000多万元，当时对村里来说是天文数字。南岭村就是利用这样滚雪球的方式，把经济发展起来。

1983年冬，时任宝安县委常委的李容根同志多次来到南岭村指导，并把南岭村作为推广学习的典型，这使全村干部群众深受鼓舞，大家越干越起劲，不讲价钱，埋头苦干，村里一天比一天好。

1984年，我们村已经发生了很大变化，获得了广东省的文明奖，县委非常重视。当年接近春节的时候，我们把在香港的乡亲请回来，派车到罗湖火车站接他们回来家乡，看村的变化。还派人在现在老人窝的位置，打了几个灶头煮饭。每家人把桌椅搬到沙吓禾坪，大家一起吃饭，非常开心、热闹，一直到晚上都舍不得离开。对于那些居住在香港的乡亲，我们派

环境优美的工业园区

车送他们回去。这次活动，加深了在香港的乡亲对家乡巨大变化的感受，使他们大为改观，大开眼界。

随着不断发展，很多地方都建起了厂房。那时在布吉日资厂有个叫基村的日本人，看中南岭村，先来办厂，接着十多家日本企业通过他被引进来。和美厂、玩具城等其他厂也引进来了。当时收入比较高的是华泰厂，按工人人数计，每个月要给我们村每人220元港币，所以一年下来，光是港币收入就很多。那时，很多老板来南岭村投资办厂。

兴学办医

从村里经济初步发展开始，我就设想要把南岭村建成一个小城镇，建成经济中心和文化中心。因为有工人，就要有消费的地方，要有商场、邮电所等等，各方面设施都要具备，信有地方寄，电话有地方打，有商场能买到日用品，不用到处走。当然，还要有学校和医院。

在我读小学的时候，厦村有一个人很有钱，据说要从英国寄回来30英镑，建沙湾中学，结果几十年过去，钱也见不到，学校也没有影子。过去南岭村因为穷，很多青少年上中学很困难，不少人不上学去偷渡，村里读书的人很少，村民文化水平很低。像李宏庆、张必清等人，就是在困难时期，初中无法读下去，不得不早早回家务农，所以我很早就有建学校的想法。1983年7月8日，村里有个小学生李育南，因为村里没有学校，要去现在沙岭的那个地方上学，路上被车撞了，村里20多个青年把他送到深圳医院抢救，才没有问题。这件事情，益发坚定了我建设学校的想法。

当时学校选址两个点：一是现在社区党群服务

中心那里，二是现在食街那里。这两个地方我觉得都还适合，但最后选在现在食街斜对面沙西小学这个位置，土名叫望银墩，是村里的好地方。这个位置，可以建小学，也可以建中学。我们建学校，一边建沙西小学，一边建沙湾中学。我的考虑是，上不了高中是另外一回事，起码初中可以读。当时，学校建起来了，考虑到师资问题，要请好的老师。林东来在三水中学当过校长，我直接跟县领导说，看能否把他调回我们南岭沙湾中学任校长。后来林东来被调到平湖中学任校长，我又争取把他调回来。村里建了一栋两层半的别墅式楼房给他，当时算是很好的待遇。南岭村

沙湾中学八六届毕业生合影

就是用这样的条件去招聘人才的。

改革开放前，南岭村很贫困，缺医少药。记得有个叫张奕平的村民（别人叫他“生鸡”），在三年困难时期，由于忍受不了生活艰难，他老婆丢下他和子女，独自一人逃到香港谋生，接着过了三年，他的大女儿也偷渡去了香港。他一个人在家里照看儿子张玉书和一个小女儿。那时村里干活很忙，家里孩子无人看管，他每天带着儿子去放牛。有一次，那头牛突然发疯，直接把他儿子张玉书撞倒在地上。由于当时没有外伤，他没在意，但不久后，他儿子的脑子就出现问题，原来是被牛撞倒时造成脑震荡，一直很难恢复，病情越来越严重，从开始不愿跟人说话，发展到失去理智。本来张玉书读书很聪明，这样书也无法读下去了，他病发时还经常打人。张奕平为了尽快把儿子的病治好，家里没钱，就把家里瓦房上做桁（除栋梁以外）的杉木拆下来卖钱（那时每根杉木可值五六十元）。家里的屋桁被他拆掉了一半。直至他年老贫困，实在没办法再筹钱给儿子看病，只好向村里求助。那时，张玉书的病已到了无法医治的地步，村里只能联系民政部门，送他到博罗县的精神病医院。张奕平50岁左右就患肺癌离世了。

20世纪70年代初期，村里有几个小孩，包括我的大儿子，发热得不到及时治疗，留下了后遗症。我大儿子因发热得不到及时治疗，患上小儿麻痹症，至今双手不方便，但还算幸运的了。另外两个同年发热的孩子（谭伟东、张育聪），后来患上了神经方面的疾病，无法医治，生活也无法自理，需要家里人看护。

村民林子煌的哥哥林子年，比较得力，建设南和的时候，推土、接待等事务，都是他在那里完全负责。当时他在我家里吃饭，样样事都做得妥妥当当的。1986年8月6日下午，我们在布吉公社球场，跟丹竹头纸巾厂篮球比赛。林子年被对方撞伤了，我吩咐村里一个人看住他，一定不能给他喝水，但这个人不听我话，没有看住他。林子年到公社饭堂的水缸舀了一勺水喝了，结果得了急性痢疾，被送到布吉医院抢救。由于当时布吉医院医生水平低，抢救时下药不对症，拉了很多。要去深圳医院又太远，路很难走，高低不平。而布吉医院只有一个瘸脚医生在值班，到晚上12点多医不好，人就没了。

每当想到这些，我就非常痛心。群众选举我当村长时，我曾郑重承诺过：要让群众吃饱饭、住新房、有钱花、健康长寿。其中健康长寿，就是要兑现的重要承诺之一。所以，我下定决心，一定要把医院建起来。

当时村里把最先建成的一栋厂房改成医院，该厂房独立成栋，门前地面较宽，位于油榨吓（土名，即现社区党群服务中心后面）。建院初期，非常困难，要请懂行的人当院长，还要配备好医疗设备和医生。当时宝安县委、县政府非常重视南岭村办医院，专门给了12个国家职工的指标人数，这对聘请能干懂行、医疗水平高的医生起到关键作用。为了寻找懂医的人，我想起了本村的张正发。他20世纪60年代后期从平湖中学毕业回村工作，我曾送他到宝安县卫校学习，当赤脚医生。我请张正发回来南岭医院当院长，后来通过村里学校的罗丹霞老师，从她的家乡兴宁请

改革开放初期的南岭医疗卫生中心

来一个叫罗金震的医生，接着又请来一个叫沈佛林的医生。我不断想办法，陆陆续续请来了四五十名医务人员。我特地为他们建了一栋宿舍楼，里面都是三房一厅或两房一厅，能住几十户人。

医院办起来后，群众看病就方便了，还设有住院部，可以做到小病不出村了。医院的医务人员很敬业、很团结，村民有病随叫随到。为更好加快村里的发展，照顾好村民和外来劳务工的生活，1986年，村里推行统筹医疗措施。外来劳务工和村民一样，每人每月缴交2元钱，到村里医院看病，除挂号费外，其余药费、住院费全部由村里负担。1990年，我跟广州陆军总医院联系上，把陆军总医院刚退休的几位老医生请过来，他们的医疗技术水平高。其中杨萌主任是女的，老家惠阳。她是师职干部，新中国成立初期就参军入伍，很能干。

后来，由于医院规模太小，难以适应村民群众和企业职工的就医需求，我萌生了另选新址建设医院的想法。经干部群众讨论，大家非常赞同。新医院选址在大横坑（土名）。当时还没有建设图纸，刚好我认识一个东莞长安镇的朋友，拿到了一套长安镇医院建设图纸的复印件。那时，我去过长安镇医院，属镇级医院，刚建好不久。我找工程队按图纸施工，建设新的医院。我说办医院一定要办好，在建设的过程中，我经常去现场看，检查工程进度和质量。有一次，我去到工地，发现工程队施工时用的水泥标号达不到标准。我一下火气就大了，把手里的“大哥大”都摔坏了。随后我解除了与该工程队的合同，不允许他们再在我们村搞建筑。换了另外一个工程队后，工程进度挺快，工程质量也可以。1992年新医院竣工，1993年正式投入使用。我叫杨萌主任负责医院的管理。杨萌主任是内行人，她身体很好，虽然已60多岁，但每天坚持洗冷水澡。她是军人出身，纪律很严，医术过硬，村里不管男女老少都叫她杨主任，有病就找她。1995年，我的女儿从广州医学院毕业，在深圳武警医

村办一级甲等医院

院实习了一年回来村里。村里当时没有适合做医院管理的人（张正发早几年已经离开南岭医院到布吉供销社工作去了），我就叫我女儿配合杨萌主任负责把医院管好。当年卫生部原部长钱信忠到南岭村视察，去医院看了，那时南岭医院已被评为一级甲等医院，设置了内科、外科、儿科、妇产科等各类科室，功能较齐全，一般手术都可以做，钱老感觉挺满意。

同时，我也很重视引进医务人才，到广州中医药大学聘请了五六个人过来（现在龙岗区中医院的胡世平就是那时招聘过来的）。有了新的医院和医生，群众看病和住院更方便了，连附近的村民、居民也到南岭医院来看病。那时，我每星期都要抽一个晚上到医院去召开全体医务人员及职工会议，强调大家要向杨萌主任学习，医院是救死扶伤的地方，对病人要态度热情、服务周到。我建议医院在内科、外科、妇科等主要科室，要有一个医德、医术好的医生把关，村里每年可以给他们奖励20万元。南岭医院从建院开始，每年都得到村里的支持，也得到村民的认可。村民每年都可以免费在医院体检一次。有几个村民，多亏在体检中诊断出早期重病，及早得到治疗。

2008年，南岭村从大局出发，以很低的补偿金额，将南岭医院转给政府。

忘我工作

我的工作作风，有两个主要特点：一是喜欢雷厉风行，说干就干，今天能干的事，绝不拖到明天；二是喜欢做事深入实际，跟进到底，不喜欢隔山打牛。我时常对干部群众说："说了不等于做了，做了不等于做好了。"意思是办事情不能光靠说，必须要去做，但做也不能马虎应付，必须要做好。

改革开放初期，由于大部分村民文化程度较低甚至没有文化，我特别注重讲话的方式，尽量少讲理论性的话语，而是多讲接地气的话。例如，什么是"一步一个脚印"，有些群众不好理解，我就对他们说："比如有两条路，一条是水泥路，一条是烂泥路，下雨时当你走在水泥路上，脚印是显示不出来的，当你走在烂泥路上，回头看时，就会看到走过的路上一个个脚印都会清清楚楚地显示出来。做事情就要像走烂泥路，一件一件把它做好，才能有效果。"这样讲，群众就明白了。

还有，什么是"人心不足蛇吞象"，很多群众听过这句话，但不明白其中的因由。我就跟群众讲"人心不足蛇吞象”的故事，我说：“很久以前有个小孩叫象仔，父亲很早去世，剩下他与母亲相依为命。有一次象仔的母亲生病了，很难医治。村里人对象仔说，你母亲的病只有用蛇肝做药才能治好，深山里有条大蛇，不吃人，很善良，你可以去向它取蛇肝。象仔听后就拿着刀子进山去了，果然见到这条大蛇。象仔向大蛇说明来意，大蛇就张开大口，让象仔进入蛇腹里面取蛇肝。象仔进去用刀子割了一点蛇肝，回家煲水给母亲喝，母亲喝了果然有效。于是，象仔带着刀子再次进山，大蛇知道象仔的来意，自动张开大口让他进去。象仔觉得上次割的蛇肝太少，这次就想狠狠地割一大块。不想因为割的太多，大蛇痛得厉害，难以忍受，就一下子把象仔吞进肚子里去了。”这个故事就是告诫人们做人要正派，不能太贪心，贪心没有好下场，会误送性命。

当好带头人，必须要能够把干部群众凝聚起来，具有战斗力。我在大会上就通过打比方，告诉干部群众什么是凝聚力和战斗力：改革开放前村里的小河，特别是沙湾河，有些地方水比较深，水里经常有很多生鱼（我们叫作“斑鱼”），母鱼产下鱼仔后，鱼仔就围着母鱼，成群结队团团转。小孩和大人看见，有时就随手捡起小石块，用力打进鱼群里，想把它们打散。但是不管你用石块打多少次，那群鱼仔始终团聚在母鱼的周围，不会散开。这说明母鱼的凝聚力很强，打不散，不怕死。大家要学习母鱼带鱼仔的精神。这样，大家对凝聚力和战斗力就好理解了。我跟群众讲话，都是用这些通俗易懂的话语，让大家能听进去、能理解，这样大家的思想认识不同了，积极性就不一样了。

我很注重民主和纪律相结合。改革开放初期，几乎每天晚上我都在村里的灯光球场召开群众大会，把我的想法和要做的工作，告诉全村群众，征求他们的意见和看法。群众统一思想，大家齐心了，一切工作都开展顺利。当干部除了事事要带头、要务实外，更重要的是民主作风要浓厚，善于听取群众的不同意见。只有这样，才能让自己在工作上在群众中立于不败之地。我一直要求南岭村要坚持发扬民主作风，直至现在，村里建立了各党支部党员群、村民联络群、部门负责人群等很多微信通信群，社区的大小事务，都在群里发布、公告，然后大家一起商量、决策。同时中央及上级的指示精神，也及时发布传达，供大家学习了解。

同时，我这个人是很讲纪律的。因为纪律问题，村里有些村民受到批评或处罚。记得20世纪90年代后期，村里有十几个妇女在华泰厂做清洁工，我了解到她们经常不遵守纪律，提前5分钟下班。有一次，我专门派个人去检查是不是真的，结果刚好发现她们提前5分钟下班。于是我就按照当时的村规民约，把这群妇女作辞退处理。后来这些妇女大部分都去了香港（她们的丈夫那里），但她们对我的处理并没有什么意见。我有时因公务去香港，见到她们，跟她们一起聊天。她们当中有个人说："伟基哥，如果我们不是那次违反纪律，被你停了工，就不会来香港，现在挺后悔，在香港很苦。在家乡的村民工作生活都比在香港好，既有退休金，又有年终分红。"我始终认为一个

与村民谈笑风生

与村民亲切交谈

村子能否搞好，纪律是很关键的。

改革开放初期没有手机，为了适应快速召集大家办事和工作的需要，我就给村里有关干部和部门人员每人配备了一部对讲机，有什么事，随时通知，马上就做，并及时告知群众，让大家心里明白，齐心协力，共同把村建设好。

我带头超负荷工作，特别是在急难险重关头，带头冲锋。每当下大雨或刮台风，我都会尽快赶到各个工厂去看一看。1986年夏季的一天，我冒雨到华泰玩具厂（香港上市公司）去看，当时正下着暴雨，工厂门口积水很深，漂浮着很多杂物和树枝。我二话没说，马上跳进水中打捞杂物和树枝，全身衣服都湿透了。

刚好工厂的老板陈灿硕和主管布金明（他们两个是同班同学，关系很好）看见了，他们觉得我作为一个村支书竟然不顾自身安危，亲自跳进水里清理杂物和树枝，深受感动，觉得在这里投资更有信心，后来他就在原厂区内又建了三栋厂房（每栋6500平方米）。

1986年8月的一天，村民林子贤任厂长的奥劲电子厂一楼车间的仓库着火冒烟。我得知后，马上赶到厂里，迅速安排厂内所有人员离开火场，确保安全。全村男女老少，包括小学生，大家都很自觉，拿着水桶、脸盆到工厂旁边的牛厄龙水塘打水，传递给救火的人，我一直在危险的第一线指挥。在全村群众的同心协力下，火势得到了控制。这时布吉消防队的两辆小黄河消防车也赶到了，最后把火彻底扑灭。这次由于抢救及时，损失较小。到了下午6时许，救完火后，我的鼻孔像烟囱一样，里面塞满了一小团一小团黑黑的烟灰，叫别人帮忙挖了很久才挖干净。这件事令电子厂的老板高志辉很受感动。当一个干部容易，做一个好干部很难。面对奥劲厂的这场大火，有个别干部明知发生火灾竟然认为事不关己。我当时对这种干部的处理是非常严格的，不但免职，还在党内对其作出最严厉的处分。如果这些违反纪律规定的行为你不去处理，总是做老好人，怎么带领群众致富奔小康？这场大火也警醒了我们，要充分意识到消防力量的重要性。于是我立即召开村班子会议，会议决定购买两辆大黄河消防车，并到宝安县消防大队去招聘一些优秀退伍消防兵，组建南岭消防队。自从那次火灾后吸取教训并组建了消防队，南岭村再没有发生特大火灾，小火灾的发生率也较低。

那个时期，我不管白天黑夜，一有时间就去工厂车间查看生产情况，晚上就去工人宿舍和外来劳务工座谈，了解他们有什么要求和意见。有一次，在座谈中我了解到一个来自海丰县叫廖淑华的女工父母离世，生活困难，就个人给了她300元资助。那时300元算很多了。还有一个叫彭红梅的女工，湖南人，家里情况比廖淑华更差。母亲离世，父亲再娶，留下一个弟弟和一个妹妹。她妹妹因家庭困难，连学也上不了。我一下子就给了她600元，帮她解决妹妹的上学问题。后来，每年我都给她1000多元，资助她妹妹上学读书，并把她弟弟彭红伟安排在村计生办工作，分给她姐弟俩一套四室一厅的住房（这是当时为了留给技术人员居住暂时空置的）。

1986年，外来劳务工比较多，用水非常困难。很多男劳务工只好跑到沙湾河去洗澡。有一天晚上，刚好东深供水工程在沙湾河段放水，河水突然涨得很快很急。

有个来自肇庆名叫吴水生的男劳务工因为到河里洗澡，来不及上岸，被突如其来的急流冲走淹死了，当晚我们把他送到沙湾火葬场。第二天，我和张彦秋坐着由邱建伟驾驶的蓝色人货两用车，去沙湾火葬场，抱回那位淹死的男劳务工的骨灰。我们坐着人货两用车直接去到深圳汽车站，把骨灰亲自送到死者亲属手上。

当年自来水还没有引进村里来。为了使工人免于饮用不清洁的水，我亲自组织工程队晚上加班，在牛厄龙水塘尽快把过滤池建起来。过滤池的井挖得很深，第一层放石子，第二层放炭，第三层放沙。当天晚上，为了加快工程进度，我一个人去查看工地，由于天黑心又急，不小心掉到井里去，井里有松树杆架着，脚被卡伤了。我的水性不好，所幸工程队队员和村里的一名电工发现了，把我救起来。当时我已感到身体不对劲，叫负责搞水电的林长友和李清华立即送我回家。回家后我马上冲凉，我的脸色已变黑，心跳也很快。当时我的血压很高，全身湿透，人很难受，我马上打电话叫张天平开了一辆南和公司借来的白色面包车，送我去医院。去到老医院炮楼那里，曾医生要先给我止血，我说不行，要马上给我降血压，血压太高，不降会死人。接着我打电话给镇里的周光明书记，他马上通知布吉、宝安县、深圳市等医院派医生来，好在救治及时，我的命才保住了。我住了三天医院，出院后又马上投入工作。

那时，为了解决村里工厂外来劳务工，特别是女员工冬天使用热水问题，村里专门向始兴县锅炉厂购买了锅炉。三天后，一个足够供应上千人洗澡、喝开水的锅炉运了回来。工程队加班加点，锅炉很快便安装好了，并与吓角饭堂的小锅炉连在一起，投入使用。这样，职工们的饮水、洗澡问题解决了。我把我老婆安排到工厂烧锅炉，每天要下两车煤，用肩挑到锅炉房，烧开水，下班回到家里她全身上下黑乎乎的。

南岭村职工洗上热水澡的消息很快传遍沙西一带的工厂，一些女工便偷跑到南岭村抢热水。由于人多水少，为装热水而吵架和用热水烫人的事时有发生，影响了本村的正常秩序，侵犯了本村职工的权益，职工对此意见很大。村委立即组织村干部和村民骨干每天下午把守进入南岭的路口，阻止其他村的工人进村抢热水。村干部下班后轮流去到工厂宿舍，给员工打开水，维持秩序。

由于天气比较寒冷，别村工厂那些洗不上热水澡的女工，有的干脆跳槽到南岭找工作。南岭村顿时热闹起来，每逢工厂招工，厂门口总被成百上千名应聘者围得水泄不通，有的甚至把行李也卷来了，在巷道里打铺睡觉，等待招工机会。

每年春节前，村里都要请工人吃自助餐，有好几道菜，村干部亲自给工人打饭加菜，任由大家吃饱为止。同时还对优秀外来劳务工进行表彰，给予物质奖励。每逢春运，外来劳务工要回家过年，那时本省的工人较多，车票不好买，村里出钱预先订好大巴车，分批运送工人回家。那几天几乎是日夜不断连续运送，村干部轮班到现场送工人上车，每走一辆车，我们就放一排鞭炮，直至送完为止。外省的劳务工回家的不多，大部分留在厂里过年。凡是大年三十晚上，我都通知工厂食堂要加菜（至少三菜一汤），而且我亲自到每个工厂去走一趟，看望工人，和他们一起吃年夜饭，让他们感受到节日的温暖。

每年春节村民与外来劳务工聚餐

自办村企

20世纪90年代初，在搞好“外引内联”企业的基础上，我也在考虑村里发展自己的企业。当时，原广东省电子局计划处处长朱克平同志还没退休，我们两个在办南和公司时期已经关系很好。我跟他经常联系，向他请教发展村办企业的想法。朱克平处长是搞电子产品的行家，他跟我说，村办企业应该从相对容易的环节开始入手。他提议先办一个电阻厂，虽然不是什么高科技企业，但产品销路好，很多电子厂需要。经他提议，我就把这个项目定了下来。经过半年多的筹备，南岭村第一家村办企业——南岭电阻厂于1991年10月8日正式投产。当时生产电阻的设备，是广东潮州三环公司生产的，我们在购买设备时，已经在合同中约定，三环公司负责派一个懂技术的人员到电阻厂任厂长。当时派来的厂长叫方玉忠。朱克平处长1991年1月退休后，我就聘请他担任村办企业的顾问。朱处长是梅县人，为了解决缺少懂生产的技术工人的问题，他从家乡梅县程风中学招来26名学生。这群学生来到南岭村工作生活，我们把他们照顾得挺好。特别是对一些有专长的技术骨干，我直接在南岭派出所后面划出一块地，由村里出资一半，他们自己出资一半，建好房子，每人一套。我在用人方面，是很开放的。不管你来自何方，只要你有本事，我就聘请，而且条件优惠，加迁户口、分给土地建房等等，让他们安心留在南岭村工作。电阻厂的产品销路很好，每年有近200万元的利润收入，一直坚持办了下来。

除了电阻厂，1991年3月，我和华南理工大学的贾德明老师商量，利用大学的科技人才优势，在南岭村办一家三高公司。当时我村引进的塑料玩具厂较多，需要利用塑胶粒加工生产玩具。我就和贾德明老师商量，专门购置了生产塑胶粒的生产线，产品就近供应给村里的塑料玩具厂。后来，工厂由于转型，办了几年就停业了。

说起朱克平处长这个人，他为人忠厚老实，生活很节俭。他虽然身体有点毛病，但什么事都亲自过问，工作深入细致。村里每月给他的工资，他都舍不得花。1997年的初冬，朱克平同志带着电阻厂的李华珍和我配给他的司机，坐着村里给他的一辆快要报废的广州生产的标致牌小车，来到我家。当时我不在家，他下车后，让司机把一个纸箱放在我家的客厅里。因他是常客，我妻子也没去动这个纸箱。第二天，朱克平告诉我，他要去美国看一看亲属，在香港坐飞机，机票已经订好了，过两天就走。我说去香港最好乘坐深港两地行走的小巴车（那时村里还没有两地用车）。我回到家，把他送来的纸箱打开，发现里面全是人民币，是他几年积蓄下来的工资款。我想，朱处长这几年为村办企业出了不少力，怎么能连工资也不要。我马上把这些人民币拿到银行兑换成美元。我亲自送他坐车到香港九龙尖沙咀假日酒店，安排好住房，并把兑换的美元全部拿出来放在房间的台子上。朱处长对此完全没意料到。因为我急着坐车回深圳，就跟他说已交代司机直接送他去香港机场。说完匆匆离开他的房间，怕他又把钱塞回给我。朱处长去了美国几个月后，又回来南岭村工作。

1991年，南岭股份公司办公楼（老村委会）所在位置

关心外来技术干部

南岭村在引进人才方面，一向是十分重视的。现在村里的两位党委副书记，都是2000年前后引进来的，还有村办医院的医生及其他部门的骨干，共有几十人，大家都成了南岭村的“自家人”，共同为南岭村的发展在打拼。

回顾这么多年，南岭村发展到今天，除了有党的改革开放政策，也离不开在村里工作的外来人才和全体劳务工作者的巨大贡献，他们把最宝贵的青春留在了南岭村。写到这里，我谨代表全村父老乡亲，向所有曾经为南岭村付出辛勤劳动的各地人才和劳务工表示由衷的感谢和崇高的敬意！向在南岭村投资办企业的外商表示深深的谢意！

全面发展

我们村既发展工业，也没有忽视农业。峯禾地、玩具城这一片，由李宏庆、张必清负责，都种满了荔枝、龙眼。河塘坪那片种满了柑橘，结出的果子特别大。后来由于发展的需要，很多山都推平了，用来建厂房，剩下牛厄龙水塘上面那个山头的荔枝林还保留着。种水果，办鸡场，谭官容负责在那里养鸡，很快就养出一批鸡，卖到收购站，出口香港。然后办养鸭场，袁伟开的老婆在那里负责养鸭，就在现在第四人民医院临时用房外面那片田、龙山工业区那里。养鸭场很成功，鸭子也一批批地卖给国家出口香港。后来因为该处要建厂房，就不再养鸭了。

1984年，南岭村已经小有名气。当时，在布吉镇委工作的池雄标同志，写了两篇关于南岭村情况的报道：一篇叫《新风阵阵扑面来》，在《深圳特区报》头版报道；一篇叫《满脚牛粪的农民身上飘来书香》，在《南方日报》头版报道。南岭村干部群众一条心，经济发展快，精神文明建设也取得了可喜的成绩，得到宝安县委、县政府的特别重视，并成为“两个文明”建设的先进典型。1985年，宝安县召开了一次表彰大会，南岭村荣获特等奖，奖了一辆人货两用车，后来由张恩华驾驶，现在还保留在求水山的致富思源展览馆里。这是县委、县政府对我们村的鼓励。

1986年，宝安县委、县政府发出了《关于学习南岭村的决定》。1997年，深圳市委、市政府发出了《关于向南岭村学习的决定》，对南岭村的“两个文明”建设工作给予了充分肯定。省委宣传部副部长蓝红同志带领省市宣传部门的相关同志前来南岭村视察，看到我村在“两个文明”建设方面有很多创新经验，南岭村当年被评为广东省“两个文明”建设先进单位。蓝红同志在宣传工作方面经验丰富，文字功底深厚，对我、育彪和南岭村有深厚的感情，他和省委宣传部的顾作义同志经常到南岭村来指导“两个文

宝安县奖励给南岭村的人货两用车

20世纪80年代初，南岭村出现了商业街

明”建设工作，几十年如一日。我非常敬重蓝部长，我有几篇在报纸上发表的文章，都预先送给他过目。2019年8月，蓝红同志因病去世，村里专门派代表去广州参加他的追悼会。

1986年，我们村已经发展得很好，成立了全国第一个村级团委，李玉明任团委书记。接着，每个工厂都成立了妇联、工会等组织。那时已经引进了好几家大厂，每个厂都成立了文艺宣传队、男女篮球队等。当时奥力厂和汕南厂的篮球队是最强的，华升电子厂的女子篮球队也非常出色。每逢节假日，我们都举办比赛，文体生活非常丰富。举办比赛或活动时，村里的球场和广场上都挤满了观众。有一次我坐在裁判席上看比赛，因为临时有事要回办公室，要几个年轻力壮的小伙子帮忙，穿过十几重的观众，才走出来。每次比赛或表演，村里都对参加的队伍给予奖励，奖金不少，大家积极性非常高，也很开心。南岭村妇女青年文艺队还曾代表宝安县参加广东省文艺汇演并荣获

20世纪90年代，在南岭村委广场举办的职工拔河比赛

南岭村1992年国庆篮球锦标赛

南岭村老人合唱团

南岭村妇女舞蹈队

南岭村妈妈舞蹈队

南岭村青年舞蹈队

二等奖。村里的干部团结一条心，大家都全心全意为村工作。

我非常重视青少年工作。改革开放初期村里还比较困难，但为了让小学生上学方便，避免意外事故，村里专门购置了一辆大巴车接送学生上下学，并由村团支部书记专门负责学生接送工作。

我大力引导青少年积极向上，带头守法。村里有个姓袁的青年，过去由于家庭教育方法不对，发展到骗人借钱的地步。有一次，他跑到罗湖莲塘村。当时南岭村有个姓李的姑娘嫁到莲塘村，生活条件好，袁姓青年就跑去向她借钱，谎称他父亲被车撞了，现住在医院，急需用钱。其实根本没有这回事。我知道后，多次耐心地给袁姓青年做思想工作，以免他误入歧途。我一直认为对青年的教育要从学生时期抓起，让他们树立热爱国家热爱党、为人民服务的信念，走好人生第一步。

我非常注重发扬劳动最光荣的传统，村民们都热爱劳动。改革开放初期，南岭村就成立了村民清洁队和打路队。南岭村所有道路，包括求水山上的道路，都是南岭村村民自己铺设出来的。厂房建到哪里，路就修到哪里，树也种到哪里。每年村里都会种植很多树，尤其重视植树节。我从1993年起当了十年全国人

在求水山公园参加植树劳动时小憩

与村民一起参加田间劳动

大代表，每年的植树节正好是在我赴北京参加人大会议期间，我都交代村里的干部在植树节要组织全体群众参加植树，年年如此。现在村里的那些大树，大多是改革开放后种植的。

1990年，为了改变村里的面貌，全村开始大规模改造，拆旧房，建新房。在这个过程中，为了让下一代能了解过去艰苦劳动和贫困生活的情况，村里特意把过去一些衣食住行的用品保留下来，设立了致富思源展览馆，把这些物品陈设在馆内。目前该馆已经成为广东省爱国主义教育基地和深圳市党史教育基地。

我非常注意培养人才。1992年，村里就选送了一大批年轻人，有四五十个青年，到中山大学、华南理工大学、广东中医药大学去进修，村里照发工资。有些读两年，有些读四年，让他们学到了很多知识。

1996年，村委会向村民提出“破除迷信、相信科学、拆掉神台、兴建书台”的倡议，仅用三天时间，全村170多户村民都拆掉了家里的神台，购置了书台，平均每户拥有两个书柜。这件事，还上了中央电视台的《新闻联播》。

2000年后，村里较为富裕，很多青年高中毕业后就出国留学。那时，凡有学生出国留学，村里都开大会，由村书记亲自给每个人颁发20万元以上的奖励金，并教育他们在国外好好学习，学成之后一定要回来报效祖国，为国家作贡献。村里出国留学的学生都回来了，他们学有所成，有些还被国家单位看上。改革开放至今，村里群众，包括老人小孩，都感恩中国共产党的正确领导，感恩改革开放的好政策，感恩今天的好日子。每年村里都开展丰富多彩的文艺活动和体育活动，老人合唱队唱起《没有共产党就没有新中国》，歌声特别嘹亮，得到几任中央领导的认可。村里青年舞蹈队、妇女舞蹈队和学生、幼儿园儿童表演的节目，水平都很高。特别是南岭铁狼足球队，多次

2017—2018年，南岭铁狼足球俱乐部荣获中国足球协会室内五人制足球超级联赛冠军

2011—2020年，南岭铁狼足球俱乐部七次荣获全国五人制足球甲（超）级联赛冠军，并代表中国出征亚冠

获得全国五人制甲级联赛和五人制超级联赛的冠军，并五次走出国门，参加国际赛事。这些工作，我们一直坚持了几十年，还要继续干下去，干好。作为一个村，这种精神是非常不容易的。

奉献爱心

我村一直以来对部队有着深厚的感情，一贯重视拥军工作。从1984年开始我们村跟武警七支队共建，当时部队对南岭村支持大，我们对部队支持也大。我们送给部队每个中队一台电视机，让官兵们能看上电视，并跟七支队二中队结对子，二中队驻地在现在的淘金山下面彭坑龙（土名）那里。只要支队下面的中队有困难，我们都大力支持。支队每年都有人员退伍，村里还专门给他们安排工作。1990年，我村一次就帮七支队安排了37名退伍兵到村里工作，对家庭有困难的，还给予资助。

我村还支持驻军部队建幼儿园，并送了一辆大巴车和一辆小车给他们机关使用。同时，还与布吉大坪通信部队共建，支持龙华部队建设。当时珠海市对高科技贡献大的人才进行奖励，奖车、奖房、奖钱，等等。我们想到在国防科工方面长期默默奉献的科学家，谁去奖励？我们遇到了记者黎白同志，他叫我们写信给时任中国人民解放军总参谋长的迟浩田同志，他亲自帮我们送过去。我们决定捐赠250万元给国防科工委，这个数字在当时是比较大的。我到北京去，得到国防科工委的热情接待，国防科工委的领导专门开会迎接我，并赠送给我一面锦旗。2006年，我对育彪说，以后打仗离不开海军，建议他一定亲自带队去慰问南海舰队。2006年和2014年的“八一”前夕，育彪两次带队到南海舰队去慰问，并每次捐赠120万元慰问金。

再穷也不能穷教育。现在的布吉高级中学，占地6万多平方米，位于南岭村。1985年，有老板看上这块地，想拿来搞房地产。当时村里已经建起了沙西小学、沙湾中学，这块地是留下来建高中的。那个老板对我说：“你开个价就可以，如果这块地你同意给我，我马上拿5000万现金给你。”我坚定地对他说：“多谢你特别照顾我，但这块地再多钱我也是不卖的，我要留着建一所高中。”那个老板多次来，都被我拒绝了。接着我与布吉镇领导商量，说村里有块地适合建学校。那时还是宝安县，刚好县里要办一所中专学校，我的提议很快就获批了，中专学校很快也建好了，还请李容根同志题写了校名。后来，撤县建区后，由于学校布局调整，中专学校改为布吉高级中学，由马锐雄同志任校长。我经常去马校长办公室了解学校教学情况，得知学校现有的教学楼不适用，就向他提议，要建一栋适用的教学大楼，村里可以先垫资帮助学校把教学大楼建起来，底层建一个会议大厅。但当时的龙岗区教育局局长不同意，并表示要撤掉布吉高级中学，全部搬到龙岗去。好在那时我还担任区人大常委会副主任，向区里据理力争，才把布吉高级中学保留下来，并把教学大楼也建起来了，让布吉高级中学完全变了样。

村里虽然有沙西小学，但孩子也比较多，为了给村里的孩子提供更多的学位，创造更多的受教育条件，我产生了再建一所小学的想法。经过村里干部群众讨论决定和政府审批，2000年，我们利用村里一个大操场的空地，由村里出资，建成了南岭小学。为了

春节看望教师

教师节与老师们交流

保障学校安全，政府2006年发出通知，要求全市范围内所有横跨中小学校的高压线路须进行迁移。村里为迁移横跨南岭小学的高压线路花费了6000多万元。后来，因为实行城市化管理，学校被转给了政府。

我很关心学校的教职工，每年教师节，都请他们到村里的求水山酒店吃饭。

我们还为南岭派出所无偿建了两栋办公楼和一栋宿舍，为布吉交警中队提供建设用地并给予一定的资金支持。

我们村也是在国内最先建设希望学校的。1989年，纪志龙同志在宝安县任团委书记，建议我们去江西瑞金九堡镇建设第一所希望小学，接着我们在陕西吴旗五谷城乡又建了一所小学。在这两个地方捐资建学校，其实也有更深的一层意义。因为江西瑞金是红军长征的出发地之一，而吴旗县所在的陕西延安，是红军长征的终点，也是革命圣地。我们在这两个地方捐资建学校，就是致敬永垂不朽的长征精神。至今，我们已在全国范围内援建了32所希望学校，特别是在广西河池，捐建项目最多。

1992年，深圳市委建议我们跟毛主席的家乡韶山冲结对子。韶山冲是毛泽东主席的家乡，是我十分向往的地方。1992年9月23日，深圳市委邀请韶山冲党支部书记毛雨时及村里几个干部到深圳市迎宾馆举行结对签约仪式。那时韶山冲还比较贫困，签约之后，我亲自把20万元扶贫款的支票交到毛雨时书记的手上。他们非常感激，并热情邀请我们全村群众到他们那里参观。

当年，我便组织全村群众分批前往韶山冲参观学习。我和村干部及一些村里的骨干作为第一批，我母亲和妻子也跟着一起出发。当我们乘坐飞机到达长沙机场，走出机场出口时，就看见长沙县和韶山冲前来迎接我们的干部。他们十分热情，专门安排一辆大巴车接我们，还配上领队和讲解员。我们坐在车上感到非常激动。讲解员是位女同志，长得有点胖，口才很好，讲解很流利、很动听，而且每讲完一段，就播放一首很好听的歌曲，我们不时给她热烈掌声。不知不觉，两个小时过去了，我们一行来到仰慕已久的韶山冲。那里山清水秀，景色迷人。我们到达的时候已经接近下午6时了，在招待所放下行李后立即集中，由毛雨时书记带着我们在村里转了一圈，然后用晚餐。当天晚上睡觉时，我思绪万千，想起毛泽东同志为了中国人民的革命事业，牺牲了六位亲人。第二天早上起来，毛雨时书记为我们准备了早餐。他们做的面条汤特别好，味道与众不同，我从来没吃过那么好的

南岭村干部群众赴湖南韶山冲结对子，受到当地群众的热烈欢迎

在湖南韶山冲毛泽东同志故居门前合影留念

面汤。随后，我们一行到毛泽东同志故居参观。我一边看，一边想，心情特别沉重，眼泪也不禁流出来了。参观完毕，我们全体人员在毛泽东同志故居前合影留念。

到了2001年6月28日，我们再次到访韶山冲。这次长沙县委、县政府同样非常重视，我们一行在长沙机场下机后，他们就安排大巴车接我们。从长沙到韶山，沿途的山水景物变化很大。与1992年相比，简直变了一个样。当我们来到韶山冲，眼前的变化更让我们意想不到。村里环境整洁，村民住进了楼房，还建了一个大广场。广场上矗立着毛泽东同志的铜像，高大逼真。这一次，我母亲也去了，我们一起在毛泽东铜像前三鞠躬。随后我们全体人员在铜像前拍了个大合照。回想往事，心潮澎湃，那些为了争取民族独立、人民解放、国家富强而无私奉献、英勇奋战、流血牺牲的共产党员和革命先烈，值得我们永远敬仰，没有共产党就没有新中国，值得我们永远铭记。现在韶山冲的毛雨时老书记仍然和我们有来往，相互之间经常问候。

湖南板仓是杨开慧烈士的出生地。那时，板仓要建杨开慧烈士陵园和毛岸英学校，我们村捐资90万元。长沙县委特意安排车送我们去到板仓，这次路途比较远。到了之后，我们参观了他们整理的杨开慧故

赴杨开慧烈士家乡（湖南长沙板仓）参观学习

向杨开慧烈士敬献花篮

居，泥砖建造的，在墙壁上藏了一张地下党的情报。接着，我们一行前往杨开慧烈士陵园，把两个大花篮敬献给杨开慧烈士，庄严地向烈士致敬。

2002年10月中下旬，广东省委组织部通知我们，南岭村要对四川广安牌坊村开展帮扶，这是一项严肃的政治任务，要求我们一定要完成好。于是，在省、市、区各级组织部门的部署下，2002年11月3日，四川广安牌坊村派人来到南岭村，双方在南岭村委会一楼会堂举行结对仪式。根据安排，结对仪式也同样要在广安牌坊村举行。12月初，我们按照广安定的时间，准时出发。当时一同前往的，还有龙岗区委书记和布吉镇委书记李文龙。

在前往广安的路途上，我们要经过重庆市。我年轻时读小说《红岩》，知道江姐的事迹。江姐在重庆渣滓洞被国民党反动派严刑拷打，竹签插进她的十根手指头，她以钢铁般的意志，战胜了敌人的各种酷刑，可是在重庆解放的几天前，被敌人连夜秘密杀害。我决定亲眼看一看当年江姐等革命先烈牺牲就义的地方。当天，我们乘坐的飞机在重庆机场降落，广安的同志早就已经在那里迎接我们了。我们入住重庆酒店后，马上乘车前往渣滓洞，沿途要经过很多弯路和小道。到了渣滓洞，我和我的母亲及在场的村干部、群众一起，认真聆听讲解员讲解当年革命烈士与敌人顽强作斗争的情景。看到各种残酷的刑具，我们20多人一片静默，人人表情严肃、内心沉重。在参观和听讲解的过程中，过去在书本上、电影上看的情景和画面一幕幕呈现在我的眼前。这些牺牲的烈士大多是因叛徒出卖而被抓的，他们视死如归、英勇就义的精神，永远鼓舞着我，让我忠诚于党。每当重温入党誓词，读到“永不叛党”，我就想到这些为党的事业、为民族解放而捐躯的共产党员和革命先烈。第二天一早我们就启程前往广安，有很长的一段陆路要走。坐在广安派来接我们的车上，我的脑海里还不时

赴四川广安市牌坊村结对子

浮现江姐等革命先烈的英雄事迹。

到了广安牌坊村，看见上级对他们已经比较重视，老房子在重建，我们就决定帮他们造一片绿化林。由于当时龙岗区委书记一起去了，这片绿化林就起名叫“龙岗林”。

改革开放以来，南岭村的发展非常艰辛，对国家的贡献也是非常大的。广东省扶贫济困捐款，我们都大力支持。每当国家遭遇灾害，如南方冰灾、长江水灾、汶川大地震等等，南岭村人都踊跃捐款。特别是汶川大地震，我们村捐了630多万元，单是我家就捐了几十万元。在我的带动下，小学生还捐了压岁钱，当时我们召集所有小学生一起开会，不足半小时，大家把所有压岁钱都捐了出来，共有50多万元。

近年来，南岭村大力响应党中央脱贫攻坚的号召，连续与多个地方结对子，进行积极帮扶。2017年4月，与新疆喀什帕哈太克里乡签订对口帮扶协议，捐资212万元，成为全国19个对口援疆省市中首例成功签订“村乡结对”协议的。2019年4月，与革命老区江西寻乌澄江镇周田村结对，出资120万元援助周田村建设排水基础设施等。2020年4月，帮扶靖西市壬庄乡巴泽村、武平镇果良村、武平镇万隆村，捐款30万元。2020年6月，社区党委与江西寻乌留车镇留车村签订支

与新疆喀什帕哈太克里乡“村乡结对”

带头为河南抗洪救灾捐款

部共建合作框架协议，捐赠帮扶资金99万元，援建留车村党群服务中心等公共服务活动场所。2021年与深汕特别合作区赤石镇新城村开展结对帮扶工作。2021年7月23日，南岭村集体和村民参与为河南抗洪救灾捐款，合计捐赠140万元。

人大履职

1984年，我当选宝安县人大代表并任县人大常委会委员，1988年又当选为省人大代表。

1993年我当选为第八届全国人大代表。在赴京开会之前，我亲自带着村干部和一帮骨干到求水山考察，计划开通从山下到山顶的公路。我安排人用绑着红布条的竹竿一路插上去，把勘定的路段标示出来，并交代大家在我开完会回来时一定要把路开通。

这一次赴京开会，深圳的基层代表就我一个，代表中还有时任市长厉有为，共三人。广东代表团到北京后，安排住在距离天安门广场、人民大会堂最近的北京饭店。那时，香港、澳门还没有回归，两地的代表跟广东合为一个团。广东团分为几个小组，深圳、珠海、汕头为一个小组，代表团里有中央部门领导，我记得有彭士禄同志和中央对外联络部原部长朱良同志，他们两个都是潮汕人，对我很好；省领导有省人大常委会主任的林若同志（曾任省委书记），以及省政府副省长卢钟鹤同志，他的学历最高。在北京饭店，副省级以上领导住单人间，其他代表全部住双人间。那时我严重失眠，晚上睡不好觉。和我同住一个房间的农村代表，晚上睡觉打呼噜很响，我根本睡不着。省人大代表工委主任刘文桥知道这个情况后，就帮我安排了一个单人间。我任八届、九届全国人大代表期间，刘文桥主任都特别关心我。那时我不但要吃安眠药才能入睡，对北京的气候也不适应，每次都要带上风湿药贴，上飞机前在家里就要在腿上痛处把药贴贴好，晚上经常起来在房间的浴缸里泡脚，然后再睡。

在八届人大小组开会时，彭士禄同志是挺敢讲实话的。我反映的基层问题，林若主任特别注意听，有时还询问到底。他实事求是、善于倾听基层代表意见的作风，至今仍然深深地留在我的脑海里。第一次会，开得特别长，头尾一共21天，这也是我人生中当干部开会时间最长的一次。

我任两届人大代表的过程中，结识了很多领导，特别是省领导和基层代表。赴京开会，基本上我都单独坐飞机去和坐飞机回。刘文桥主任很照顾我，每次都派车到机场接送我。刘文桥同志1950年参加抗美援朝，1954年加入中国共产党，军旅生涯27年，资格很老，但他待人随和、热心，没有架子。我对他非常崇敬。

我连任第八届、第九届全国人大代表，广东代表团每年都要举行几次会议。代表在学习政府工作报告发言时，有些问题提得比较尖锐，回答起来有一定难度。我记得有一次，为了弄清楚代表发言时提及的某些词，省委书记特地点名蔡东士同志，对他说："东士，你是秀才出来的，你来回复一下。"我和蔡东士同志认识很早，对他非常了解，1977年恢复高考时他考入中山大学。他当时是省委秘书长，很快就把问题解答清楚了。做人大代表不但要履责，更要了解基层，还要有学识，才能深入理解政府工作报告的内容。

1993年宝安撤县建区，宝安区、龙岗区分别成立后，我任龙岗区人大常委会委员，并任两届深圳市人大常委会委员。1997年，我当选为龙岗区人大常委会不驻会的副主任。我任龙岗区人大常委会副主任期间，黄伟祥同志任人大常委会主任，副主任有朱水、张玉发、曾泰康等。办公室主任是廖容生，横岗人，资格很老，办事和协调能力很强，工作非常到位，是区人大的一位管家。工委主任关宝文是广州人，知青下乡时在大鹏珍珠场当知青，她工作经验丰富，为人和善，曾任区妇联主任。卢伯强是在部队多年服役后转业的，先是回地方博罗县任武装部部长，后调到宝安县司法局任领导，工作能力也很强。曾志强原在广西任县长，后来被调到宝安县监察局工作，人很老实，工作很认真，能力也很强。办公室人员都具有大专以上学历，本科生、研究生等男女青年十多人，每个人都很活跃，很能干。可以说，龙岗区人大是我在人大工作期间班子最强、办事能力最到位，并且挺活跃的人员配备。我到位后，伟祥主任专门给我安排了一个办公室。我平常去办公室，就和伟祥主任，朱水、玉发等几个副主任谈工作，有时也聊天、说心里话。办公室一帮人对我很尊重，经常叫我张主任，我感到既亲切又有点不好意思。

我做人有个原则，经常跟群众说，人不能老想着自己，不能太自私、太过分。我任职后，区里要给我配司机，还有分房（部分个人出资，部分政府补贴，个人出35万元，房子在福田区康欣园）。虽然伟祥主任多次劝我要房子，我都没听，我考虑到我当时只是不驻会的副主任，家里又有房子，自己办事又会开车，房子和车我全部都不要。每当我自己下乡或人大组织代表下乡视察，我都是一个人开车去的。而当时分了房子的人，现在如果卖出去，每套值1300多万元。现在想起来，如果当时我要了这套房，现在就能赚很多钱了。这也是我的个性使然，过去群众选我当村领导时，我就承诺要做到“三心”——公心、责任心、事业心，几十年来我一直都是这个观念，并影响了我的家人、小孩，他们也同样记住这些话。

我第一次下基层调研是到南澳镇西涌村。当时去西涌的道路刚修好，弯路较多。我去的时候是1999年，时任南澳镇党委书记是黄水灵同志（后来林树松、郭雁通同志也分别担任过）。那时从布吉镇调去南澳镇的干部有李建文、吴以环、罗焕忠。到西涌村时，村里的书记在那里等候我。因为在路上我看到有小学生坐车上学，我就提出到西涌小学调研。当时西涌很穷，学校的老师做饭、冲凉、饮水等，都要小学生捡柴烧火。我看后心里十分生气，都什么年代了，老师还用不上液化石油气？我随即打通区教育局局长杨刚勇同志的电话，让他第二天一定要到西涌小学看看，马上解决老师的液化石油气问题。第二天区教育局马上拨款10万元予以解决。西涌村没有什么收入，村里靠夏天在海边沙滩收取一点到海边游泳的人的费用，解决村干部的工资。西涌村后面的那片大海海浪很厉害。改革开放初期，有外商在那里建了几栋别墅，准备建个度假村，后来老板死了，就烂尾了。我去看时，那几栋房子还在，一片荒凉。我提议他们种植1公里长的防护林，挡住大海的风浪。后来南岭村捐了10万元给他们去种防护林。

西涌由八个自然村组成，其中三个村还没有党员。村里没有自来水。当时我建议南澳镇迅速解决村民的吃水问题。有一次，区里召开五套班子会议，我直接把这个事情提出来，但没有引起领导的重视。2011年，我在深圳市人民医院住院，出院时在医院一楼刚好碰见一个来看病的西涌村村民，我问他自来水的问题解决了没有，他说还没有。那时我在区关工委工作，有一天，我叫上张玉发，两个人再次去西涌看看，结果跟以前一样，自来水问题仍未解决。好在周光明同志正好担任市人大常委会副主任，在回来的路上我给他打了个电话，请他亲自去西涌调研一下，解决当地村民的自来水问题。周光明副主任调研后，市里很快拿出方案，西涌村民终于用上了自来水。类似这样的下乡活动，我是很认真地走访基层，并帮助基层解决问题的。例如，我那次去西涌调研回来后，马上把情况向伟祥主任汇报，伟祥主任立即派玉发副主任带几个人，深入全区进行调研，逐个镇逐个村去，结果了解到全区仍有43个零分配的村。我们班子研究后，在深圳市人大会议上专门将这个情况写进龙岗区同富裕工程第一提案，得到市区领导的高度重视。当年区里就实施了同富裕工程，采取帮扶贫困村的措施。

我任区人大常委会副主任期间，曾到坂田岗头村去调研。到村后，岗头村村干部陈小明和陈仁带已在村办公室等我。他们向我反映，村里好不容易引进一个外商，并建了一栋厂房，但区里有干部说是违章建筑，要拆除掉，外商老板和村里都很担心。听了他们的反映，我就叫他们带我去看现场。到了现场，我看到这栋厂房建得相当标准，厂房车间、工人宿舍配套齐全，比其他工厂还好。我对岗头村的情况很熟悉，岗头村是老区、穷区、山区，经济发展很慢，群众生活很困难，我每年春节都带着慰问金（我自己的工资存款）去慰问老同志和贫困户。于是，我向市委领导

到坂田岗头村关爱老年人

黄丽满同志汇报了岗头村的实际情况。黄丽满同志对人随和，很重视基层的意见，有什么解决不了的问题，我都直接去办公室找她。她听后，立即安排市人大常委会副主任刘秋容去岗头村调研，岗头村这栋厂房最终保留下来了。我经常去岗头村和村干部及老同志谈心，鼓励他们排除干扰，全力发展集体经济，有什么困难打电话给我。经过多年的努力，如今坂田岗头村已是全区的富裕村。

我当选区人大常委会副主任近十年时间（2001年以前我还任村党总支书记），先后走访了全区40多个行政村160多户贫困群众，逢年过节给他们送去温暖，无偿为9个贫困村提供资金支持500多万元。

感受光荣

1989年，我被评为全国劳动模范，深圳共有五人获评，到人民大会堂参加表彰大会。中央领导同志接见了我们，并合影留念。那幅几千人一起的大合照是北大照相馆派人拍摄的，参会人员每人一张，有一米长，至今仍然保留在我家里。这次是我人生第一次到北京，第一次坐飞机，第一次看到雄伟壮观的人民大会堂，第一次感受到天安门广场的恢宏气派，更是第一次得到国家领导人的接见。我们几个代表在天安门广场一起合影，并怀着敬仰和沉重的心情，到人民英雄纪念碑前鞠躬。

1997年，我有幸当选为全国优秀共产党员。那次表彰大会是在北京中南海怀仁堂召开的。那届全国优秀共产党员共17名，加上原来的全国优秀共产党员有20多人。中央领导同志亲自给我佩戴全国优秀共产党员的功勋奖章。

1998年，我当选广东省党代表，到省里参加党代会。会议在省委礼堂举行，我住在珠岛宾馆。

2002年10月，我去省里参加党代会，选举党的十六大代表，深圳由省委副书记、市委书记黄丽满同志带队，戴北方等约20人参加会议。我是党代会的主席团成员。最终黄丽满同志、市纪委书记谭国籍同志和我三人当选。11月8日党的十六大在北京召开，我们赴京参加，住在五洲宾馆。

党的十六大在人民大会堂举行，从11月8日至14日，开了一个星期。最后代表们在人民大会堂宴会厅合影留念。

这次在京开会期间，我结识了好几位基层代表同志，如清远市少数民族女干部，也是县人民医院妇科主任，在我的盛情邀请下，后来还到深圳看我。

2009年9月26日，我接到省委组织部的通知，要我28日晚到省委组织部报到，第二天赴北京参加庆祝中华人民共和国成立60周年阅兵式观礼。我当天吃完晚饭就到了广州。第二天，我和梅州市科技局党组书记梁质寿及省公安厅的一位同志三人一起出发赴京，省委组织部劳文浩副部长一直把我们送到机场。因为是下午的飞机，加上误机延时了，我们到达北京王府井饭店时已经是晚上10点钟。9月30日，全体参加观礼的人集中开会，讲清楚注意事项，并要求10月1日早上6点半准时在北京饭店门前集中。

10月1日早上，我很早起床吃完早餐，连水也不敢喝，怕在观礼的时候要上厕所。我看见长安街上很早就站满了受阅部队，停放着一车车先进武器。9点钟，我们准时来到了天安门广场，我被安排在第一排就座。10点钟阅兵准时开始，中央首长检阅部队，队伍离我只有3米左右。我第一次看到加油机在天安门上空飞翔，受阅部队队列整齐划一，先进武器装备一辆辆从眼前驶过，我心里十分激动，感受到伟大的人民解放军英雄威武、气壮山河！阅兵进行了一个多小时，我们步行回到王府井饭店。这次有幸参加国庆阅兵观礼，是我人生中特别难忘的记忆。我想，我作为一名基层共产党员，只是做了自己应该做的工作，竟然得

赴北京出席国庆60周年阅兵观礼活动

到党如此的重视、如此高的荣誉，我心里充满了感激之情。阅兵观礼时，我还特地请旁边的同志帮我拍了三张照片，至今仍像宝贝一样珍藏起来。

2011年，深圳举行第26届世界大学生运动会，我荣幸地被选为大运会火炬传递手。那时，我手术出院还不到三个月，前一天晚上我一个人来到住地，第二天上午我作为中段传递手，举着火炬跑了100米。虽然我的身体还没有完全康复，但这是我有生以来第一次被选中当火炬手，这是党和政府对我的信任，是一份难得的荣誉，我倍感光荣。当时，我村的求水山酒店也被选为大运会运动员定点住宿酒店。

2011年8月7日，参加深圳第26届世界大学生夏季运动会火炬传递

第五章

老骥伏枥

发挥余热

2005年12月我从区人大退休后，转到区关工委又工作了11年。在区关工委工作期间，我跟廖寿伦、朱水、陈启聪三位主任共过事。我的职务是专职副主任，后期任顾问。龙岗区关工委连续三次被评为全国先进关工委。

2007年，省关工委主任张帼英同志（她原任省人大常委会主任，20世纪80年代就认识我，那时她经常陪同上级领导来南岭村视察，她和我很熟，很了解我。她在广东、海南等地曾担任县委书记）很关心深圳、龙岗的关工委工作。当时很多学校的少先队员佩戴的红领巾不是很规范，有个别红领巾的质量很差，少先队员佩戴在脖子上的红领巾非常不严肃。为此，我向张主任建议，为了让所有少先队员更深刻地理解“红领巾是五星红旗的一角，是无数革命先烈的鲜血染红的”，广东应该有一家统一的专门制作红领巾的工厂，统一标准，保证质量，做到红领巾佩戴规范、整齐好看。同时，我提出为了加强青少年的教育，市、区要办共青团支部书记学习班和少先队指导员学习班，请一些有丰富青年工作经验和少先队工作经验的同志来授课，介绍经验做法。这件事情，各级党委、各所学校都要重视起来。

除此之外，我对人民群众热切希望解决的问题，也非常关注，并想尽一切办法为之鼓与呼。例如，对于沙湾南片区一直没有通地铁的问题，2012年12月17日，我起草了报告《龙岗南湾街道沙湾片区居民群众的真诚心声》，联合南岭村、樟树布、厦村、沙塘布、吉厦五个社区居委会共同盖章，代表沙湾片区全体干部群众，呈送给时任深圳市委书记王荣同志，向市委、市政府表达对通地铁的渴望之情。当时，市委领导比较重视，专门批示市委督查室跟进，市原规划和国土资源委员会派员到我们社区来调研，并在2013年1月24日向市委督查室书面函复。希望地铁17号线能尽早开通，早日为片区群众带来便利交通的福祉。

对于统战统侨工作，我一直非常重视。记得在1966年，南岭村的华侨张福从国外回乡，当时要到广州华侨大厦有关部门办理手续，我亲自陪同他坐火车到广州办理。那时，每当村里的华侨回乡，他们都要请村里的父老乡亲吃饭，叫“辞神酒”。当时物资条件困难，政府也非常重视，对华侨回乡请乡亲吃饭，给予特别照顾。公社为每位回乡华侨出具批准购买100斤黄豆及100斤猪肉的证明。黄豆用来做豆腐。回乡华侨除了请乡亲外，还会给大队全体干部留一桌。我对华侨特别体贴，他们每次都请我，我也都去赴会。2014年9月，我倡议成立了香港深圳南岭村同乡会，并担任同乡会的永远荣誉会长。成立大会得到了香港特别行政区及深圳市、区各级领导的大力支持。高永文局长、谭耀宗主席等多位香港特别行政区政府、立法会知名人士，深圳市政协戴北方主席，主管统战工作的林洁常委，中联办黄兰发副主任、何靖部长，深圳市人大常委会副主任，龙岗区区长等领导都出席同乡会每年举办的活动。成立以来，同乡会认真践行“爱国爱港爱家乡”的宗旨，会员队伍不断壮大，目前已经有900多人，而且大部分都是年轻人。同乡会执委里面有多名大学生，而且还有仍在大学读书的在校大学生。南岭村同乡会成为香港深圳社团总会中最具活力、表现最积极、凝聚力战斗力最强的同乡会。

2017年2月27日，我从区关工委退下来后，正式全退。

厚爱深情

我回顾自己的人生之路，实在是离不开上级领导的指导和厚爱，离不开群众的照顾和亲情。

我担任干部以来，公社书记梁平、黄木生、廖汉标、郑传恩、郑伯鹏等革命前辈对我影响至深。他们经常下乡，和群众一起劳动，晚上睡在大队部的办公台上。

他们善于听取群众意见。20世纪70年代，有一天，我带着李宏庆、张必清，直接去到时任公社党委书记郑传恩同志的办公室，跟他说："书记，我村的柿子收成很多，卖给供销社收购站，一斤才9分钱，村里加工后拿到自由市场，一斤可以卖到1块多钱。你经常跟大家说社会主义的优越性，资本主义的落后性。难道9分钱一斤柿子就是优越性，1块多钱一斤柿子便是落后性吗？"郑书记听后，没有批评我，只是对我说："伟基，你说得很有道理，但这是上面规定的，我也没有办法啊！"郑书记说完非常热情地倒开水给我们喝，并谈起了基层工作，询问群众还有哪些意见。我说："群众最大意见就是一天到晚脸朝黄土背朝天，却连饭也吃不饱，造成很多群众离妻别儿偷渡去香港。”郑书记很同意我的说法，叫我们回去做好群众工作，尽最大努力把偷渡外逃之风压下去。

当年群众选中我当村领导，说明他们对我非常信任，我也下定决心，一定要带领他们走上富裕之路，所以我干工作从来不把困难放在心上。我认为，只要有了人，有了解决困难的决心和勇气，就有办法把事情做好。作为一个共产党员，当人民群众需要我的时候，我一定挺身而出、迎难而上，把事情干好，让群众对我更有信心和更加信赖。我从来没有在困难面前低头退缩，反而增加了战胜困难的勇气，不断找到解决困难的办法。

由于我经常熬夜、加班，身体消耗很大。而且，过去我回村当矿工时，各种劳保设备都没有配上，受到石粉和矿石灯的污染，对我的身体造成严重伤害。1990年，有一次，我呼吸很困难，被送到深圳市人民医院做手术。村里群众知道了，都要来医院看我，特别是一些七八十岁的老人家。我叫他们不用担心，做了手术就会好的，他们还是不放心。最后，村里租了几辆中巴车，统一接送群众到医院来，到我病床前看了我，才放心回去。

2008年我医治肠癌住院期间，在家人和李文京、张燕婷、陈兰香、薛燕清等村民群众及南岭医院护士的日夜看护下，康复得很快，一个星期就出院了。说到这里，我要特别感谢李文京同志。多年来，凡是我或我的家人生病住院，她都日夜陪伴照顾。过去，她的孩子小，丈夫又在深圳工作，她一个人在家。每当听说我或我的家人住院，她就马上去照顾，短的六七天，长的十几天甚至二十天以上。直到现在，我身体不舒服，她都主动照顾我。

2011年，我又因病住院了。这次病情较重，住了近20天院。村里的群众也是自觉自愿，白天和晚上各三人一班，分两班轮流照顾我。因为恢复时间长，回到家里还继续受到群众晚上轮流看护，过了40多天我才逐渐恢复。

每当回想起这些事来，我就深深感动。这些养育我的乡亲们和我骨肉相连、心心相印，充分体现了一家人的精神，使我真正体会到，除了父母的养育之恩，还有群众对我的一片亲情。

永葆初心

作为一名共产党员，要时刻牢记今天的幸福生活是在中国共产党的正确领导下，经过浴血奋战，几百万共产党员和无数革命先烈流血牺牲，献出宝贵生命换来的。我们南岭村全体群众要把自己的命运和国家命运紧紧连在一起，有国才有家。

2015年9月，我的大孙子张文泳就读大二时，我耐心动员他报名参军入伍。经过入伍体检、政治审核，他入伍到某炮兵部队服役。入伍前，我就对他说："文泳，当兵就要随时准备打仗，随时为国牺牲。你要有这样的思想信念去实践入伍的誓言。在部队一定要苦练过硬本领，听党指挥，能打胜仗，作风优良。"在部队他努力向上，虽然只服役了两年，但表现突出，连续两年被评为优秀义务兵。第一年，当街道武装部把他荣获优秀义务兵的喜报送到我家，全家人都非常激动。每当我看到挂在家门口"光荣之家"的牌匾，就由衷地感到自豪。党员干部时刻都要带好头，做好表率。我的孙子如果不带头参军服役，怎么在群众中做好榜样？不忘初心，牢记使命，我时刻记

送孙子参军入伍

在心中，用实际行动去感召别人、鞭策自己，做到全心全意为人民服务。

我本人和南岭村一直都把党和国家放在第一位，从1989年开始到现在，南岭村捐助贫困地区、灾区和国防建设9000多万元，在全国范围内援建了32所希望学校，特别是在广西河池捐建项目最多。2015年10月，我流着泪水看完了一篇报纸上的报道。报道的人物是自卫反击战部队十三军三十九师一一五团二炮连副连长王发坤烈士，他是电影《高山下的花环》主人公“梁三喜”的原型。1978年初，王发坤本来要转业，已经联系好了工作，恰逢中越边境烽烟骤起，王发坤毅然留下参战。1979年2月，在一次战斗中，王发坤为了救护身边的战友，壮烈牺牲。烈士牺牲后，部队给他在贵州贫困山区家里的妻子李金花送去烈士的遗物和800元抚恤金、300元慰问金，还送上一封王发坤牺牲前留给妻子的信。信里说："如果我牺牲了，你就改嫁吧……父亲去世，家里盖房子，我总共借了部队和战友2000元，欠的账，你一定替我还上……咱人走了，账不能赖……"李金花为了坚守丈夫这一承诺，没有改嫁，一边把两个小孩拉扯大，奉养老人并给老人送终；一边年复一年积攒贫困山区极其微薄的收入，含辛茹苦整整11年，终于把家里所欠下的债务

向王发坤烈士遗属捐款五万元

还清。报道里说，为了省吃俭用还债，李金花家里至今还非常贫穷，她自己落下一身病，二儿媳妇因为挨不下去，也跑了。但是，李金花始终无怨无悔，她还打算以后把大孙子送去参军，继承爷爷的遗志，继续保家卫国。看了报道，我深受感动，立即通过报社记者，联系上李金花的儿子，并请他来到南岭村。我把村里捐给他家的5万元社区基金，亲自交到他的手上，叫他回家做点小生意，补贴家用。我个人又另外拿出3000元给他作为往返的车旅费。

我是一个热心肠的人，从汶川大地震后至今，我向中组部上交了三次“特殊党费”，共13.7万元。因为是大额党费，党费收据是由中组部直接开具的。至今我还收藏着这三张党费收据。

№ 2125085

党费收据

张伟基 同志自愿一次交纳“特殊党费”计人民币 伍万 元零角零分，用于支援2008年四川汶川大地震救灾工作，特致感谢。

中共中央组织部
2008年7月23日

中共中央组织部开具的党费收据

2020年初，内地新冠疫情暴发，到处紧缺口罩等防护用品。我通过一位姓肖的香港朋友，想尽办法弄来了6000只口罩。当时最需要口罩是医务人员，我就亲自把其中的4500多只口罩送到龙岗区第四人民医院的院长手中，其余的1400多只都分送给了社区急需的居民。2020年3月，南岭村社区党委号召党员参与抗击新冠疫情捐款，合计筹得210 656元；2020年2月13日，南岭村集体捐赠200万元给深圳市龙岗区慈善会用于抗击疫情。

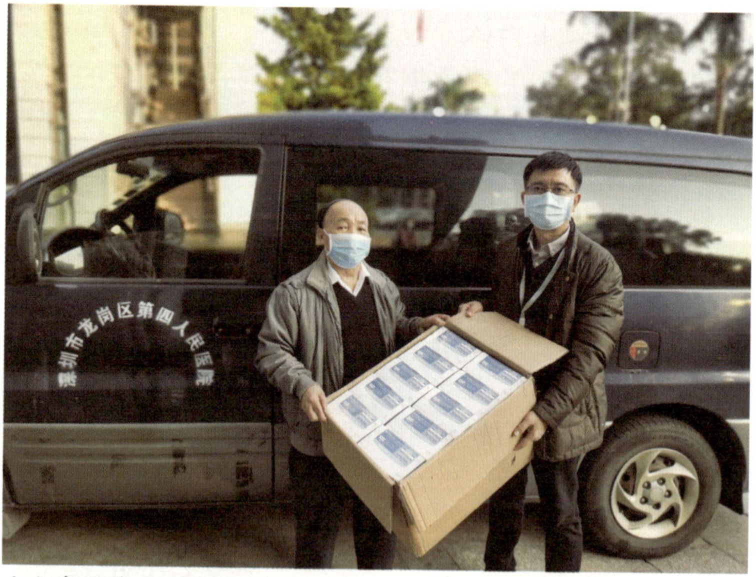

向龙岗区第四人民医院捐赠口罩

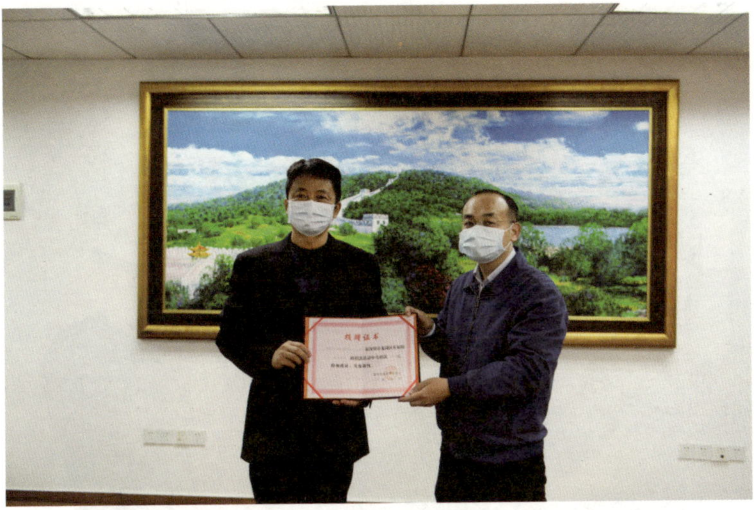

南岭村集体向龙岗区慈善会捐赠200万元用于抗击新冠疫情

在抗击新冠疫情期间，我自己虽然已经76岁，仍然下决心接种了两针科兴疫苗，以实际行动带动社区年纪大的村民接种疫苗。我还穿上党员志愿者的红马甲，手持测温仪，在路口给群众检测体温。在这样的非常时期，我始终没有忘记自己是一名共产党员，没有忘记要发挥带头作用。

改革开放以来，南岭村获得了600多项荣誉，其中国家级荣誉就有29项，如“全国先进基层党组织”“全国模范村民委员会”“全国文明单位”“全国文明社区”“全国爱国拥军模范单位”“全国民主

疫情期间为社区居民测量体温

法治示范社区”等。这些荣誉，离不开中央、地方各级党委政府及社会各界的关心和支持。荣誉不是吹出来的，是靠一辈一辈的南岭村人实实在在干出来的。

我现在已经退休了，仍然担任社区老人协会会长和社区基金会会长。我至今和几个已经退休的老同志，仍然跟没有退休的村民一样，每天打卡上下班。

回顾几十年的人生历程，作为一名共产党员，我时时告诫自己，要一生忠于党、忠于人民，要永远和党中央保持一致。南岭村的全体共产党员、全体村民要紧密团结在以习近平同志为核心的党中央周围，踏踏实实做好工作，把南岭村建设得更好，力争做出一个好榜样，同时倍加努力、珍惜生命的每时每刻，全心全意为党工作，为人民群众谋幸福。

我永远记住党中央和历届省委、省政府，市委、市政府，区委、区政府对南岭村的支持和厚爱，感谢所有领导多年来对我的关怀爱护。我永远记住党的恩情！没有中国共产党的正确领导，没有改革开放政策，就不会有我的今天，也没有南岭村的今天。让我对所有关心、支持、帮助我和南岭村成长发展的领导表示深深的谢意，向他们致以崇高的敬意！

1989年，获全国劳动模范称号

1997年，获全国优秀共产党员称号

2002年，获全国乡镇企业家称号

获广东省创建文明单位积极分子称号

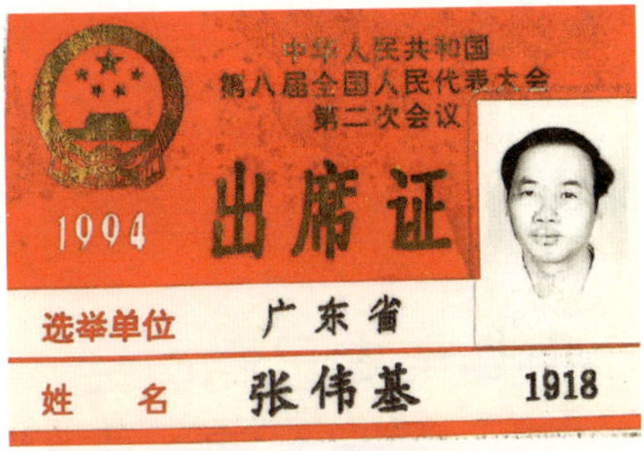

1994年，参加第八届全国人民代表大会第二次会议

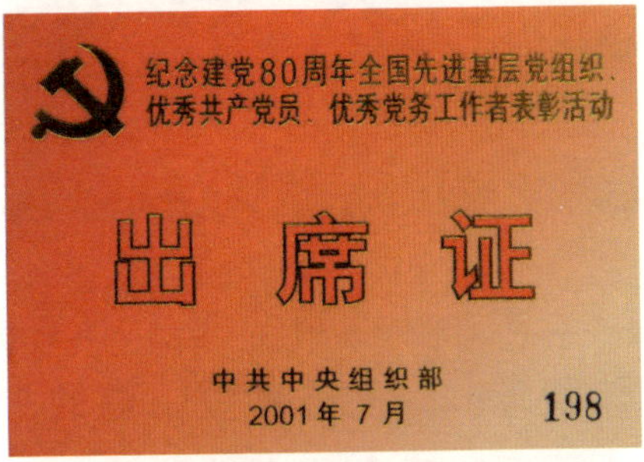

2001年，参加纪念建党80周年全国先进基层党组织、优秀共产党员、优秀党务工作者表彰活动

2002年，参加党的十六大、第九届全国人民代表大会第五次会议

附录一

中共宝安县委员会　宝安县人民政府关于学习南岭村的决定

（1986年2月13日）

布吉区沙西乡南岭村，是我县在开放、改革中脱颖而出的先进典型。党的十一届三中全会以来，南岭村干部群众，在改革的实践中，勇于开拓，大展宏图。他们靠党的政策，发挥地理优势，因地制宜发展商品生产，贸工农综合经营，集体经济日益壮大，群众生活显著提高。他们坚持四项基本原则，用共产主义思想占领农村阵地，精神文明建设取得累累硕果。南岭，昔日贫穷落后的小山村，如今已变成一个欣欣向荣、生机勃勃的社会主义文明新村。

县委、县政府认为，南岭村短短几年所发生的巨大变化充分证明，我们贯彻执行党的对外开放政策是完全正确的。南岭，应当成为我县各地学习的典范。他们充分发挥自己的优势，实行工农结合、长短结合、个人与集体相结合，积极发展农村经济，应当成为全县农村发展的方向；他们切实加强政治思想工作，实现村风、民风根本好转的做法，应当成为全县各单位思想建设、培养“四有”新人的基本经验。为了推动我县农村稳定持续协调地发展，使农村“两个文明”建设更上一层楼，县委、县政府号召全县干部、群众很好地向南岭村学习。

一、学习他们正确处理建设物质文明和建设精神文明的关系，坚持做到“两个文明”一起抓。在建设物质文明的同时，抓好精神文明建设，当前特别要注意抓好理想和纪律教育，调动广大人民群众建设社会主义的积极性，加快农村“两个文明”建设步伐。

二、学习他们正确处理“无工不富”和“无农不稳”的关系，走工农结合，以工促农，以工补农的道路。一方面积极进行外引内联，利用外部资金、技术、经验，大力兴办来料加工和内联企业；另一方面利用工业积累的资金和经营管理经验促进农业生产。从工业利润中拨出部分资金用于支持产业结构改革和农业技术改造，解决种苗、设施和农田水利建设等问题，支持开发性生产，立足农业，服务农业，促进农业向专业化、集约化、商品化、社会化发展。

三、学习他们正确处理长期和近期的关系。在抓好当前生产，加快经济发展步伐的同时，始终不忘从长远考虑问题。在工业生产方面，既抓好投资少、收效快的来料加工业，又注意发展面向国内外市场的内联企业，逐步积累资金、技术、设备发展自营企业。在农业生产方面，既抓好粮食、蔬菜、养猪、养鱼等近期收益的种养业，又注意抓好开发性生产，利用山地、坡地，大力开荒种果，植树造林，做到长短结合、协调发展的综合型产业结构，做到资源、资金、劳力、技术充分结合，实现经济效益、生态效益和社会效益三者有机统一。

四、学习他们正确处理积累和分配的关系。在经济发展以后，不是大手大脚、分光吃光，而是精打细算，合理安排。只有这样，才能使集体经济不断壮大，生产更快发展。为社员群众提供更多的社会福利，使群众从中体会到社会主义制度的优越性。

五、学习他们正确处理集体和个人的关系。首先，应当坚持社会主义方向，始终把发展集体经济放在主要位置上，同时又鼓励集体个人一齐上，采取多种形式的承包责任制，帮助专业户、联合体搞好多种经营，加快商品经济发展的步伐。其次，乡、村干部应当自觉处理集体和个人的关系，一心一意搞好乡、村工作，带领群众走共同富裕的道路。

南岭村近年来取得了很大成绩，积累了许多经验。他们最宝贵的一条，就是全体党员、干部牢记党的全心全意为人民服务的宗旨，以求实的态度，以勇于进取的精神，把建设社会主义文明新村作为自己的重任，并为此而努力工作。

今年是第七个五年计划的头一年。在前进的征途上，我们要做的事情很多，也不可避免地会碰到许多新的问题和困难。县委、县政府号召全县人民以南岭村为榜样，坚持改革、开放的正确方针，排除万难，勇于开拓创新，为实现我县经济新的腾飞而努力奋斗！

附录二

中共深圳市委员会、深圳市人民政府关于向南岭村学习的决定

（1997年4月29日）

龙岗区布吉镇南岭村，自改革开放以来，在邓小平建设有中国特色社会主义理论指导下，坚持以经济建设为中心，大力发展经济，走上了共同富裕之路，率先达到“小康”水平；与此同时，南岭村的精神文明建设成绩显著，多次荣获广东省委、省政府授予“文明单位”等光荣称号。最近，南岭村被中宣部确定为全国300个文明城区、文明村镇活动示范点之一。为了加速我市农村工业化、城市化、现代化步伐，提高城乡文明程度和全体居民的整体素质，市委、市政府决定，在全市广泛深入地开展向南岭村学习的活动。

学习南岭村紧紧抓住经济建设这个中心，把发展集体经济摆在首位，走共同富裕的道路。在发展经济的过程中，南岭村选择了依靠集体的力量、走集体致富的道路，大力发展股份合作经济，迅速壮大了集体经济实力，大大增强了对村民的吸引力和凝聚力，坚

定了村民关心集体、爱护集体，以集体利益为重，依靠集体力量走社会主义共同富裕道路的信心。

学习南岭村把精神文明建设与农村股份合作经济分配制度相结合，把精神文明建设真正落到实处。南岭村从实际出发，建立和完善农村股份合作制章程，运用分配制度中的奖惩措施，鼓励先进，鞭策后进，正确引导和规范村民的行为，探索出了一条使精神文明建设由软变硬、由虚变实的新路子。全村人人遵纪守法，治安秩序良好，自觉实行计划生育，摒弃封建迷信、陈规陋习，树立文明新风，创造优美环境。

学习南岭村领导班子过硬的思想和作风，充分发挥村党支部的战斗堡垒作用。村党支部和村委会成员，敢于提出“向我看齐”的口号，一心为群众，一切以国家和集体利益为重，身体力行，率先垂范，廉洁自律，当好带领村民全面进步的带头人。

学习南岭村以人为本，把提高村民素质、培育“四有”新人放在重要位置。南岭村把提高村民的思想道德素质和科学文化知识水平作为一项系统工程。采取普遍轮训和重点培养相结合，先后选送了50多名高中生到高等院校深造、代培，培育了一批人才，充分发挥了他们在各方面的骨干作用。

学习南岭村关心爱护外来劳务工，培育外来劳务工成才。南岭村把外来劳务工看作是自己的子弟，把培养、教育他们成才看作是自己的责任和义务，创造条件，团结互助，共同进步。

学习南岭村保持和发扬艰苦奋斗的精神。南岭村在富裕起来后，继续发扬革命传统，保持劳动本色，人人参加劳动，脏活重活自己干，穷时有穷志气，富时没富毛病。

学习南岭村热爱国家，胸怀全局，关心国防，扶贫帮困，乐于奉献。南岭村富裕后，大力援助受灾地区、贫困地区、希望工程和国防建设，用自己的实际行动，实践小平同志“先富带后富，最终实现共同富裕”的理论，谱写了一曲曲奉献之歌。

市委、市政府希望南岭村戒骄戒躁，再接再厉，在社会主义精神文明建设方面继续争当先进，把两个文明建设推上新台阶。市委、市政府号召，各区、各部门、各单位，尤其是农村基层党支部和村委会以及城区的居委会，结合本地本单位实际，向南岭村学习，掀起学赶先进的热潮。全市广大干部群众要以南岭村为榜样，继续发扬“深圳精神”，扎实工作。开拓进取，为实现我市第二次创业的宏伟目标而努力奋斗，以“两个文明”建设的新成绩，迎接香港回归祖国和党的十五大胜利召开。

附录三

回忆“标叔”

张伟基

春节假期刚过，我就从电话里听到一个坏消息——电话是“标叔”的大儿子打来的，说“标叔”已于1月21日“走了”，因为怕我伤感过不好春节，才一直没有告诉我。当时，我简直不敢相信这是真的：一个那么好的人，那么好的领导，才77岁，怎么会“走得”这么快？不是说好人长命吗？

我说的“标叔”，就是很多深训人都熟悉的“特区开荒牛”——廖汉标。我认识并和“标叔”建立起深厚的感情，是在1975年夏收夏种结束，他调到布吉公社任党委书记时。那个时候，我还在沙西大队任大队副书记和生产大队长，刚好参加在布吉礼堂召开的三级干部扩大会议。记得那次会议快要结束时，“标叔”把衬衫袖子卷起来，随和地面带笑容，向参加会议的干部讲了大约十分钟的话。虽然他的讲话不多，但有很强的针对性，也很实际地提出了有关当前要抓好“双夏”后期要做的几件事。从他朴实平和、简短切实的讲话中，我感到一个优秀领导干部的美好情怀和高水平，心里非常敬佩他。

说起来，我在“标叔”领导下工作的时间并不长，但“标叔”给我印象最深刻的就是他教会了我做人做事的原则，也教会了我像他那样办事果断、敢于负责、作风民主、深入群众、爱护干部、敢为天下先。这是“标叔”留给我的最宝贵的人生精神财富。为了表示对他的深切怀念，在这里，我想把自己对他所了解、所熟悉的一些往事，告诉曾经和他一起工作过的干部群众，让我们一起来缅怀我们的好书记“标叔”。

1975年，快过中秋节时，一河之隔的香港，月饼的香味飘过界河。但我们这里因粮食困难，月饼的配料更加困难，公社的饼厂决定不生产月饼了。因为中秋是传统佳节，群众吃不到月饼，意见很大，“标叔”听到群众的意见后，立即在公社大会上郑重宣布：“今年公社饼厂一定要做月饼，为什么香港人能吃到月饼，我们就不能吃到呢？困难再大，饼厂也要把月饼做出来，而且要保证群众每人能吃上两个。”

“标叔”的一番话，振奋了整个会场。在他的亲自过问下，群众终于如愿吃上了月饼。我想，如果

“标叔”没有和群众建立深厚的感情，他能听到群众的心声吗？他能做出这个决定吗？我认为，那是不可能的。

回想过去的艰苦岁月，“标叔”任公社书记期间，在不到一年的时间里，走遍了公社（布吉、平湖）所有的大队、小队和全部的山山水水。他每天很早起床，洗完脸后就到周边邻近生产队的地头田间察看水稻生长，了解在田间劳动的干部群众遇到的困难和问题。当时，木棉湾生产队是“标叔”蹲点的生产队，他经常到田间劳动，还根据布吉、平湖公社丘陵地区的实际情况，大胆设想，提出了“山顶松戴帽，山腰花果香，山下是银行”的口号。这个口号的含义是，丘陵地区土地资源宝贵，要让松树覆盖所有山头，在适宜种植水果的山腰要种上水果，在山脚下适合种瓜菜和经济作物的土地种上瓜菜及经济作物，如果能充分合理利用好土地资源，就可以产生良好的经济效益。

由于“标叔”工作作风扎实，经常下乡，所有干部群众都很尊敬他。他也很民主，善于听取干部群众的意见。记得有一次，在布吉礼堂开干部大会期间，大家对周边邻近的稻田老是长不出好水稻一事议论纷纷，听到这些意见，“标叔”了解到大家说的确实没错，便在干部大会的讲话稿中，说了一句“公社门前鬼唱歌，好田耕出三类禾”。散会后，大家和“标叔”一起从礼堂回公社的路上，布吉村的生产队长刁贵同志向他提出建议说：“廖书记，你刚才在大会上把这些话写到报告里，我不同意，因为我的生产队也有水稻田靠近公社，但我没有三类禾啊，你应该把这句话删掉。”听刁贵这么一说，“标叔”觉得有道理，回到公社的小会议室（原来驻军留下来的小水泥仓库）后，立即征询大家对他的报告还有哪些意见，或觉得哪些地方需要修改。

由于“标叔”善于听取干部群众的意见，大家都喜欢和他讲心里话。凡是公社开完会，不管大队干部还是小队干部都拥到他的办公室和他聊天谈心。“标叔”也特别关心农村基层干部，那时很困难，大家都想吃上猪肉，每次到公社参加基层干部会议时，都希望公社杀一头猪来加加肉菜。“标叔”知道后，随即叫公社文书陈锦堂同志写证明送给食品站站长，当时食品站站长不同意，“标叔”马上严厉批评他说：“你知道基层干部有多辛苦吗？一年到头和群众一起，很难吃上一顿猪肉，现在杀头猪给他们加菜，你都有意见？你这个站长就不要再当了。”有了“标叔”这句话，我们真的吃上了一顿猪肉。

“标叔”任公社书记时，经常下基层不回家。有一天下午，他来到当时的沙西大队（南岭、吉夏、丹竹头、沙塘布四村组成）检查工作，对我说：“伟基仔，今晚我就不回去了，住在大队，现在还早，你和新发两个人同我到田间去看一看，明天上午开大、小队干部会议。”他这么一说，难为极了我和新发同志。那个时候，大队没有饭堂，没有招待所，连一张床也没有。我和新发同志商量，和沙西小学吴有敬校长打个招呼，说今晚我们和廖书记到学校去吃饭，顺便让廖书记了解一下学校的情况。

晚上就住在大队部。当我们向“标叔”说了这个想法后，他很乐意。在学校吃完饭后，“标叔”和老师们一块座谈，听取吴校长和老师们的意见。我和新发同志两人分工，一人陪“标叔”在学校，一个回大队准备住宿。那时没有自来水，我到吉吓河挑回一担水放好，给“标叔”晚上冲凉，然后上到大队部二楼借用港澳同胞的房子。我把办公台摆好，可是没有被子，好在是大热天，我叫在大队部一楼值班的赤脚医生拿一顶蚊帐上来，挂到办公台上给“标叔”住。晚上“标叔”回到大队部，就在大队办公台上睡，我和新发同志两人在里面房间的办公台上睡。睡觉时我和新发同志就开始忧虑明天的吃饭问题，虽然那时没有吃早餐的习惯，但中午开完会总是要吃饭的，我们拿什么菜来招待书记呢？最后两人决定用自己在大队的工资去买菜来招待书记。

第二天凌晨三点，我们两人就偷偷起床，蹑手蹑脚走出大队部，去公路上看有没有人拿三鸟去市场卖。我们在公路上等了约一个小时，碰上一个横岗深坑的妇女用笼子装了一只鸭子去市场卖，就和她商量了一下，也没过秤就用三块多钱买回了这只鸭子。第二天开完会后，我们仍然带“标叔”去学校吃饭，当他发现有一盘鸭肉时，马上问我们：“你们的鸭子是从哪里来的？群众很难吃上肉，怎么我下乡你们就杀鸭给我吃？”我们只好对他说实话：“书记，您经常辛苦工作，昨晚又睡在办公台上，我们心里很难受，就用自己的工资买回了这只鸭子。”他听后语气缓和了一些，说以后我来就随便一点，群众吃什么我就吃什么，这次就算了。

“标叔”在布吉担任书记的时间虽然不长，但他十分注意破格选拔并任用干部，特别是能力突出的女干部和德才兼备的年轻干部。据我所知，当时“标叔”任布吉、平湖公社书记期间，先后启用了两个女同志担任公社的武装部长：一个留任布吉公社武装部长，一个是任平湖公社武装部长的李三带。当时有很多转业的男同志在武装部工作，但“标叔”非常看重、信任这两位女同志，他认为，女同志也能当好武装部长。

在那个特殊的年代，对一些要求入党的同志审查很严格，布吉公社有几个德才兼备的同志入不了党，也影响提拔，“标叔”敢于解决这些同志的入党问题，并提拔任用他们，让他们任公社党委委员，甚至更高一点的职务。由于“标叔”善于用人，跟着他工作的公社干部、大小队干部对他都非常敬佩。大家心往一处想，劲往一处使，心情舒畅，同心协力，把工作干得热火朝天。

1976年，布吉、平湖分为两个公社，平湖公社的办公条件比较差，搭上几间铁皮房就开始办公了。虽然办公条件简陋，但是，以“标叔”为书记的公社党委一直把关心群众放在重要的位置。有一次，我去平湖公社看望“标叔”和一些老领导，我一进铁皮房，马上让我感到全身温暖——两个女服务员热情招呼我，先问我找谁，然后招呼我坐下，倒了一杯清茶，摆在小桌上，其中一位服务员说：你等一下，慢慢喝茶，我们给您联系。我以为她们认识我，才对我特别热情呢！紧接着，有满身泥水、赤着脚的群众到公社办事，享受的是和我一样热情的招待。

一次，“标叔”找我到他的办公室谈工作，见我进门，他第一句话就说：“伟基仔，你做书记不要做四方木的支部书记，要做圆木的支部书记，四方木的支部书记要人脚踢一下转一下，圆木的就会自动转起来。”“标叔”讲这句话，我马上明白了，原来当时惠阳地区在连平县开了一个全地区种杉木的现场会，回来后，布吉公社就在沙西大队吉吓生产队倡议，沿深惠路两边山头把所有树木都砍光，三米一行挖成沟壕种杉木，原来有些松树长得高大茂盛，也给砍掉，按公社要求全部种上杉树。他对我讲这句话的意思是，干什么事都要结合本大队的实际，不要书记怎么说，不管对不对你都照搬，那些松树既然长得高大茂盛，你为什么要把它砍掉？该留下来的就应该留下来。要结合本地的实际情况去做工作。“标叔”说完，接着说：“比如下象棋，我把棋局摆好了，怎么才能取胜，先行车、行炮，还是行卒，你要自己动脑筋，如果什么都要我说，要你当大队支部书记干什么？”

在他任公社书记的日子里，我学会了很多农业常识。过了春节刚好是播种时节，但那时天气预报相对落后。在浸泡稻种发芽时遇到寒潮，稻种播下去的成活率就很低，长出来的秧苗也很稀疏，到插秧时如果缺苗就会耽误农时，影响粮食生产。这时，“标叔”

对我说："掌握天气变化，就好像人每天要大便一样，是上午、中午还是下午，要掌握规律。天气变化也一样，必然会有一定的规律性，你要按照规律去掌握它。你懂得这些常识，就会解决很多问题。"谈话结束，"标叔"语重心长地对我说："伟基仔，你还年轻，33岁以后你就会很成熟。"

今天我能走到这一步，离不开"标叔"对我的栽培，更离不开多年来历届领导对我的栽培教育。

"标叔"走了，以后每年的老领导座谈会上再看不到他的音容笑貌了，再也听不到他的精彩发言了。

（原载于2012年2月11日《深圳特区报》A11版）

附录四

南岭，我的家乡

1=G 2/4
（每分钟8 4拍）

何桂团 词
刁善飞 曲

后　记

我生在旧社会，长在新社会。党和人民对我的关怀和教育、无数革命先烈事迹对我的影响、生活和斗争对我的磨炼，让我虽然经历不少艰难困苦，但从没有低头，而是挺直腰杆，勇敢面对，迎难而上，始终抱着对党、对祖国的一片忠诚，做好自己应该做的事。我这一代人算是幸福的了，赶上了改革开放的好时代，我没有错过党的政策给我带来的机遇，努力追求人生的美好梦想，过上了幸福美满的好日子。

我的一生都投入家乡的建设发展中，也参与、见证了深圳这片土地的巨变。每当回忆起往事，那些激情燃烧的岁月，仿佛就在眼前，就像发生在昨天。我写这本书的目的，就是让子孙后代能够了解并记住这段不寻常的历史。年轻一辈要明白今天的幸福生活来之不易，不能忘记过去，要把改革开放铸就的伟大改革开放精神和不畏艰难、团结奋进的南岭精神一代代传承下去，永远听党话，跟党走，将个人的命运和祖国的命运紧密结合，把握好人生的方向，珍惜时光，奋勇拼搏，为家乡建设、为祖国繁荣作出应有的贡献！

这份回忆能够成书，得到了有关领导和同志的支持和帮助，特别是我的孩子对我的不断鼓励。在此，谨向他们致以最诚挚的谢意！